TRANZLATY

La lingua è per tutti

Language is for everyone

Il richiamo di Cthulhu

The Call of Cthulhu

H.P. Lovecraft

Italiano
English

www.tranzlaty.com

L'orrore fatto di argilla
The Horror Made of Clay

C'è una cosa che trovo particolarmente misericordiosa.
There is one thing I find particularly merciful.
L'incapacità della mente umana di correlare gli eventi.
The inability of the human mind to correlate events.
È una fortuna che non riusciamo a capire il mondo.
It's a blessing that we can't understand the world.
Viviamo beatamente su una placida isola di ignoranza.
We live blissfully on a placid island of ignorance.
Un'isola in mezzo a mari neri e infiniti.
An island in the midst of black seas of infinity.
E non era previsto che ci spingessimo lontano.
And it was not meant that we should voyage far.
Le scienze si sviluppano ciascuna in una direzione diversa.
The sciences each strain in their own directions.
Ma finora le scoperte scientifiche ci hanno arrecato ben pochi danni.
But hitherto science's findings have harmed us little.
Ma un giorno queste conoscenze frammentarie verranno ricomposte.
But some day dissociated knowledge will be pieced together.
Ci si apriranno davanti agli occhi visioni terrificanti della realtà.
Terrifying vistas of reality will open up to us.
E ci ritroveremo in un punto di osservazione spaventoso.
And we will be left in a frightful vantage point.
O impazziremo a causa della rivelazione che ci verrà data.
We will either go mad from the revelation we are given.
Oppure fuggiremo dalla luce mortale che vedremo.
Or we will flee from the deadly light that we will see.
Fuggiremo dalla conoscenza che abbiamo sempre cercato.
We will run from the knowledge we had always pursued.
E cercheremo la pace e la sicurezza di una nuova era oscura.
And we will seek the peace and safety of a new dark age.

I teosofi hanno formulato delle ipotesi sulle dimensioni del cosmo.

Theosophists have guessed at the scale of the cosmos.

Il nostro mondo non è altro che un evento transitorio in questo ciclo.

Our world is but a transient incident in this cycle.

La razza umana gioca un ruolo marginale nell'universo.

The human race plays but a little role in the universe.

I teosofi hanno accennato a strani metodi di sopravvivenza.

The theosophists have hinted at strange methods of survival.

Ma i loro suggerimenti farebbero gelare il sangue a un uomo di buon senso.

But their suggestions would freeze a rational man's blood.

Solo l'ottimismo delle loro idee cela l'orrore.

Only the optimism of their ideas hides the horror.

Ma non sono le loro idee a inquietarmi di più.

But it is not their ideas that chill me the most.

È qualcos'altro che mi riempie di terrore.

It is something else that fills me with terror.

L'unico scorcio di compleanno che ho visto in eoni.

The single glimpse of forbidden eons I have seen.

Quando ripenso a quello che ho visto, mi si gela il sangue nelle vene.

When I think of what I saw my blood stands still.

Da quel primo sguardo, i miei sogni sono tormentati dall'inquietudine.

Restlessness plagues my dreams since that glimpse.

Mi è giunta come tutte le temute anticipazioni della verità.

It came to me like all dreaded glimpses of truth.

Un'unione accidentale di elementi separati.

An accidental piecing together of separated things.

Un vecchio articolo di giornale e gli appunti di un professore defunto.

An old newspaper item and the notes of a dead professor.

In un attimo, tutto si è ricomposto davanti ai miei occhi.

In a flash everything was pieced together before me.

Spero che nessun altro arrivi a questa terribile intuizione.

I hope no one else will accomplish this terrible insight.
Certamente, se vivrò, non permetterò mai a nessuno di saperlo.
Certainly, if I live, I shall never help anyone to know it.
Non fornirò mai consapevolmente un anello in una catena così orribile.
I shall never knowingly supply a link in so hideous a chain.
Penso che anche il professore intendesse rimanere in silenzio.
I think that the professor, too, intended to keep silent.
Non aveva intenzione di rivelare i segreti che conosceva.
He didn't mean to share the secrets that he knew.
E sono sicuro che avrebbe distrutto i suoi appunti.
And I'm sure he would have destroyed his notes.
Se non fosse stato colto da una morte improvvisa e sospetta.
If he had not been seized by sudden and suspicious death.

*****

La mia conoscenza della questione iniziò nell'inverno del 1926-27.
My knowledge of the thing began in the winter of 1926-27.
Il mio prozio era il professor George Gammell Angell.
My great-uncle was the professor George Gammell Angell.
Era professore emerito di lingue semitiche.
He was the Professor Emeritus of Semitic languages.
Ha tenuto lezioni alla Brown University di Providence, nel Rhode Island.
He lectured in Brown University, Providence, Rhode Island.
La sua morte, all'età di novantadue anni, ha innescato l'evento.
His death, at the age of ninety-two, triggered the event.
Era ampiamente riconosciuto come un'autorità in materia di iscrizioni antiche.
He was widely known as an authority on ancient inscriptions.
I direttori di importanti musei si rivolgevano a lui per la sua competenza.

Heads of prominent museums came to him for his expertise.

La sua morte è stata quindi notata da molti negli ambienti accademici.

So his death was noticed by many within academic circles.

L'interesse fu intensificato dall'oscurità che avvolse le circostanze della sua morte.

Interest was intensified by the obscurity of his death.

L'episodio si verificò mentre sbarcava dalla nave diretta a Newport.

It occurred as he was disembarking from the Newport boat.

Secondo i testimoni, un uomo di colore dall'aspetto marinaro lo avrebbe spintonato.

Witnesses say a dark nautical-looking fellow had jostled him.

Secondo i testimoni, dopo essere stato colpito, è caduto improvvisamente.

After being stricken, he fell suddenly, witnesses say.

I medici non sono stati in grado di riscontrare alcun disturbo visibile.

Physicians were unable to find any visible disorder.

Dopo un dibattito piuttosto perplesso, giunsero alla loro conclusione.

After some perplexed debate they reached their conclusion.

"Dev'essere stata una lesione al cuore", concordarono.

"It must have been a lesion of the heart," they agreed.

"Dopotutto, era un uomo piuttosto anziano", aggiunsero.

"After all, he was rather an elderly man," they added.

"La ripida salita del pendio gli causò la morte."

"the brisk ascent of the steep hill caused his end."

All'epoca non vidi alcun motivo per dissentire da questo principio.

At the time I saw no reason to dissent from this dictum.

Ultimamente, però, sono incline a interrogarmi sulla loro conclusione.

But latterly I am inclined to wonder about their conclusion.

E non mi limito a chiedermi se avessero ragione.

And I do more than just wonder if they were right.

Il mio prozio morì solo, senza figli, rimanendo vedovo.
My grand-uncle died alone as a childless widower.
E così divenni erede ed esecutore testamentario dei suoi beni.
And so I became heir and executor to his possessions.
Quindi mi era stato chiesto di esaminare i suoi documenti e i suoi scritti.
So I was expected to go over his papers and writings.
Ho trasferito tutti i suoi documenti e scatoloni a casa mia a Boston.
I moved his entire set of files and boxes to my Boston home.
Gran parte del materiale che ho raccolto verrà pubblicato in seguito.
Much of the materials I collected will later be published.
Molti accademici del suo settore hanno mostrato grande interesse per il suo lavoro.
Many academics in his field took great interest in his work.
La società archeologica americana si affidava molto a lui.
The American archeological society relied on him greatly.
Ma c'era una scatola che ho trovato estremamente sconcertante.
But there was one box which I found exceedingly puzzling.
Provavo una forte avversione all'idea di mostrare questi file ad altri.
I felt much averse from showing these files to other eyes.
A differenza delle altre, la scatola era chiusa a chiave.
The box had been locked, unlike the other boxes.
E inizialmente non ho trovato nessuna chiave che aprisse questa scatola.
And initially I found no key that would open this box.
Ma poi mi è venuto in mente dove si trovava la chiave.
But then the location of the key occurred to me.
Il professore portava sempre un portachiavi in tasca.
The professor always carried a keyring in his pocket.
Fu proprio una di queste chiavi ad aprire la scatola.

It was indeed one of these keys that opened the box.

Ma all'interno della scatola c'era una barriera ancora più ermeticamente chiusa.

But in the box was a still more closely locked barrier.

Quale potrebbe essere il significato di questo strano bassorilievo?

What could be the meaning of the queer bas-relief?

Il bassorilievo era accompagnato da vari ritagli di carta.

Various paper cuttings accompanied the bas-relief.

A cosa alludevano quegli appunti e divagazioni sconnessi?

What did the disjointed jottings and ramblings allude to?

Mio zio si era forse lasciato ingannare da imposture superficiali?

Had my uncle become credulous to superficial impostures?

Forse negli ultimi anni il suo pensiero critico si è affievolito.

Perhaps in his later years his criticalness thought slowed.

Qualcuno aveva turbato la tranquillità di quest'uomo anziano.

Someone had disturbed this old man's peace of mind.

E così decisi di rintracciare l'eccentrico scultore.

And so I resolved to locate the eccentric sculptor.

L'uomo che ha dato inizio alla strana ossessione di mio zio.

The man who set in motion my uncle's strange obsession.

***

Il bassorilievo aveva all'incirca la forma di un rettangolo.

The bas-relief was roughly shaped like a rectangle.

La forma rettangolare aveva uno spessore inferiore a un pollice.

The rectangular shape was less than an inch thick.

Il bassorilievo aveva una superficie di circa cinque per sei pollici.

And the bas-relief was about five by six inches in area.

Era evidente che il bassorilievo fosse di origine moderna.

It was obvious that the bas-relief was of modern origin.

I progetti, tuttavia, erano tutt'altro che moderni nell'atmosfera.

The designs, however, were far from modern in atmosphere.

Le iscrizioni suggerivano una civiltà molto più antica.

The inscriptions suggested a far older civilization.

Le bizzarrie del cubismo e del futurismo furono molteplici e imprevedibili.

The vagaries of cubism and futurism were many and wild.

Ma di solito questi schemi non riescono a produrre regolarità.

But normally such patterns fail to produce regularity.

La criptica regolarità che si cela nella scrittura preistorica.

The cryptic regularity which lurks in prehistoric writing.

Questa regolarità era certamente presente nel bassorilievo.

This regularity was certainly present in the bas-relief.

Ero certo che le iscrizioni rappresentassero un sistema di scrittura.

I was certain the inscriptions represented a writing system.

Avevo una certa familiarità con i documenti di mio zio.

I had some familiarity with the papers of my uncle.

Avevo esaminato tutte le sue collezioni e opere.

And I had looked through all of his collections and works.

Ma non sono riuscito a trovare alcun testo simile.

But I failed to find any writing that was similar.

Non sono riuscito a collocare geograficamente questo alfabeto in alcun modo.

I could not geographically place this alphabet in any way.

Non saprei nemmeno immaginare a che epoca risalisse questo scritto.

Nor could I guess from what time this writing came from.

Sopra questi apparenti geroglifici c'era una figura.

Above these apparent hieroglyphics there was a figure.

La figura era evidentemente solo a scopo illustrativo.

The figure was evidently only of pictorial intent.

L'impressionismo del quadro accresceva il mistero.

The impressionism of the picture added to the mystery.

Non è stato possibile farsi un'idea chiara della natura della creatura.
No clear idea of the creature's nature could be discerned.
La creatura sembrava essere un mostro, di qualche tipo.
The creature seemed to be a monster, of some sort.
Oppure il simbolo rappresentava un mostro, di qualche tipo.
Or the symbol represented a monster, of some sort.
Solo una mente malata potrebbe concepire una forma simile.
Only a diseased mind could conceive of such a form.
La mia immaginazione ha generato simultaneamente immagini diverse.
My imagination yielded different pictures simultaneously.
Ma forse la mia immaginazione è un po' troppo fantasiosa.
But my imagination may also be somewhat extravagant.
Un polpo, un drago e anche una caricatura umana.
An octopus, a dragon, and also a human caricature.
Cercherò di non essere infedele allo spirito della cosa.
I shall try not be unfaithful to the spirit of the thing.
Una testa carnosa e tentacolare sormontava un corpo squamoso.
A pulpy, tentacled head surmounted a scaly body.
Dalla forma grottesca spuntavano delle ali rudimentali.
Rudimentary wings protruded from the grotesque shape.
Ma la forma del mostro non era nemmeno la parte peggiore.
But the shape of the monster wasn't even the worst part.
Lo sfondo dell'immagine era ancora più spaventoso.
The background of the picture was even more frightening.
Il paesaggio suggeriva vagamente l'esistenza di un'altra civiltà.
The scenery had a vague suggestion of another civilization.
Architettura ciclopica proveniente da una parte dimenticata del mondo.
Cyclopean architecture from a forgotten part of the world.

***

Solo qualche appunto e ritagli di giornale accompagnavano questa stranezza.

Only some notes and press cuttings accompanied the oddity.

Gli articoli di stampa sembravano essere solo vagamente correlati.

The press cuttings seemed to be only vaguely related.

Tutti i biglietti scritti a mano erano di mio zio.

The hand written notes were all from my uncle.

Ma i suoi appunti non pretendevano di imitare alcuno stile letterario.

But his notes made no pretense to any literary style.

Non esisteva alcun meccanismo di ordinamento per nessuno dei documenti.

There was no ordering mechanism to any of the papers.

Sebbene sembrasse esserci un documento principale per gli appunti.

Although there seemed to be a master document to the notes.

Questo documento è stato attribuito al culto di Cthulhu

This document was ascribed to the cult of Cthulhu

Le lettere della parola erano state scritte con cura.

The word's letters had been painstakingly written out.

Non ci devono essere interpretazioni errate della parola sconosciuta.

There should be no erroneous reading of the unheard of word.

Questo manoscritto di Cthulhu era diviso in due sezioni;

This Cthulhu manuscript was divided into two sections;

Il primo manoscritto aveva il seguente titolo:

The first manuscript was titled the following:

"1925 - Sogno e lavoro onirico di H.A. Wilcox"

"1925 - Dream and Dream Work of H. A. Wilcox"

"7 Thomas St., Providence, Road Island"

"7 Thomas St., Providence, Road Island"

Il secondo manoscritto aveva il seguente titolo:

And the second manuscript was titled the following:

"Racconto dell'ispettore John R. Legrasse"

"Narrative of Inspector John R. Legrasse"

"121 Bienville St., New Orleans, riunioni del 1908."

"121 Bienville St., New Orleans, 1908 Meetings."

"Note su Same e il resoconto degli eventi del professor Webb"

"Notes on Same, & Prof. Webb's account of events"

Gli altri manoscritti erano tutti brevi appunti.

The other manuscript papers were all brief notes.

Alcuni manoscritti descrivevano i sogni bizzarri di diverse persone.

Some manuscripts described the queer dreams of different persons.

Alcuni manoscritti citati da libri e riviste teosofiche.

Some manuscripts cited from theosophical books and magazines.

In particolare, la maggior parte di queste citazioni proveniva da W. Scott-Eliott.

Notably, most of these citations were from W. Scott-Eliott.

Gli appunti facevano riferimento principalmente ad Atlantide e alla Lemuria perduta.

Mainly the notes referenced Atlantis and the Lost Lemuria.

Le altre note commentavano l'esistenza di società segrete di lunga data.

The other notes commented on long-surviving secret societies.

Sette nascoste che potrebbero esistere ancora da qualche parte, oppure no.

Hidden cults that may or may not still exist somewhere.

Sembra che due libri fornissero la maggior parte delle informazioni;

Two books seemed to provide most of the information;

Il culto delle streghe della signorina Murray nell'Europa occidentale.

Miss Murray's Witch-Cult in Western Europe.

Questo libro ha descritto in dettaglio le fonti mitologiche.

This book thoroughly detailed Mythological sources.

E il Ramo d'oro di Frazer fornì fonti antropologiche.

And Frazer's Golden Bough provided anthropological sources.

***

Gli articoli di giornale alludevano in gran parte a strane malattie mentali.

The cuttings largely alluded to outré mental illnesses.

Episodi di follia collettiva e mania nella primavera del 1925.

Outbreaks of group folly and mania in the spring of 1925.

La prima metà del manoscritto narrava una storia molto particolare.

The first half of the manuscript told a very peculiar tale.

Il 1° marzo 1925, un giovane magro e scuro di carnagione si presentò da mio zio.

1925, the 1st of March, a thin dark young man came to my uncle.

Il manoscritto descrive il suo aspetto nevrotico ed eccitato.

The manuscript describes his neurotic and excited aspect.

E portava con sé lo strano bassorilievo.

And he bore with him the strange bas-relief.

In quel momento il bassorilievo era estremamente umido e fresco.

At that time the bas-relief was exceedingly damp and fresh.

Il suo biglietto da visita riportava il nome di Henry Anthony Wilcox.

His card bore the name of Henry Anthony Wilcox.

E mio zio aveva vagamente riconosciuto chi fosse.

And my uncle had slightly recognized who he was.

Era il figlio minore di un'ottima famiglia.

He was the youngest son of an excellent family.

Ultimamente aveva studiato scultura nel Rhode Island.

Latterly he had been studying sculpture at Rhode Island.

Viveva da solo nell'edificio Fleur-de-Lys.

He lived alone at the Fleur-de-Lys Building.

Le sue residenze si trovavano vicino all'università.

His residences were near the university.

Wilcox era un giovane precoce dal genio riconosciuto.

Wilcox was a precocious youth of known genius.

Ma era anche noto per la sua grande eccentricità.

But he was also known for his great eccentricity.

Fin da bambino aveva attirato l'attenzione degli altri.

From childhood he had excited the attention of others.

Raccontò storie strane che nessuno gli aveva mai raccontato.

He told of strange stories no one had told him about.

E aveva l'abitudine di raccontare sogni strani.

And he was in the habit of relating strange dreams.

Si descrisse come "psichicamente ipersensibile".

He described himself as "psychically hypersensitive".

Ma chi gli stava intorno lo descriveva in modo diverso.

But those around him had other descriptions for him.

Erano persone posate, tipiche dell'antica città commerciale.

They were staid folk of the ancient commercial city.

E lo liquidarono come semplicemente strano e "bizzarro".

And they dismissed him as merely strange and "queer".

E così non si mescolò mai molto con i suoi simili.

And so he never mingled much with his kind.

E la sua visibilità sociale era gradualmente diminuita.

And he had dropped gradually from social visibility.

Oggi è conosciuto solo da un piccolo gruppo di esteti.

Now he is known only to a small group of esthetes.

E coloro che lo conoscevano provenivano per lo più da altre città.

And those who knew him came mostly from other towns.

Persino il circolo artistico di Providence lo aveva giudicato un caso disperato.

Even the Providence art club had found him quite hopeless.

Ovviamente erano ansiosi di preservare il loro conservatorismo.

Of course they were anxious to preserve their conservatism.

***

Il manoscritto del professore continuava a descrivere la visita.

The professor's manuscript continued to describe the visit.

Lo scultore chiese bruscamente al suo ospite di mettere a frutto le sue conoscenze archeologiche.

The sculptor abruptly asked for his host's archeological knowledge.

Voleva che identificasse i geroglifici sul bassorilievo.

He wanted him to identify the hieroglyphics on the bas-relief.

Parlava in modo sognante e piuttosto ampolloso.

He spoke in a dreamy and rather stilted manner.

Il suo discorso denotava una posa e allontanava la simpatia del pubblico.

His speech suggested pose and alienated sympathy.

E mio zio ha risposto con una certa arguzia.

And my uncle showed some sharpness in his reply.

Perché il bassorilievo appariva ancora straordinariamente fresco.

Because the bas-relief was still conspicuously freshness.

Quindi non c'era bisogno di alcun legame con l'archeologia.

So there was no need for any kinship with archeology.

La replica del giovane Wilcox fu di una vena straordinariamente poetica.

Young Wilcox's rejoinder was of a fantastically poetic cast.

Mio zio dev'essere rimasto impressionato dalla risposta.

My uncle must have been impressed with the reply.

E trascrisse la risposta di Wilcox parola per parola.

And he recorded the reply of Wilcox verbatim.

"Il bassorilievo è ancora visibilmente fresco."

"The bas-relief is indeed still conspicuously fresh."

"Perché ho realizzato questo bassorilievo la scorsa notte, dopo un sogno."

"Because I made this bas-relief last night, after a dream."

"Un sogno di città strane e persone ancora più strane."

"A dream of strange cities and stranger people."

"E i sogni sono più antichi del tenebroso Tyros."

"And dreams are older than brooding Tyros."

"I sogni sono più antichi della contemplativa Sfinge."

"Dreams are older than the contemplative Sphinx."

"E i sogni sono più antichi della Babilonia cinta da giardini."

"And dreams are older than the garden-girdled Babylon."

Questo tipo di discorso si rivelò essere una sua caratteristica distintiva.

This type of speech turned out to be characteristic of him.

Fu allora che iniziò a raccontare quel racconto sconclusionato.

It was then that he began that rambling tale.

Il racconto che all'improvviso si è risvegliato in un ricordo sopito.

The tale which suddenly played upon a sleeping memory.

Il racconto che suscitò l'interesse febbrile di mio zio.

The tale that won the fevered interest of my uncle.

***

La notte precedente si era avvertita una leggera scossa di terremoto.

There had been a slight earthquake tremor the night before.

La scossa più forte che il New England avesse avvertito da diversi anni.

The most considerable tremor New England had felt for some years.

L'immaginazione di Wilcox era stata profondamente influenzata dal terremoto.

Wilcox's imagination had been keenly affected by the earthquake.

Aveva avuto un sogno senza precedenti, quello di grandi città ciclopiche.

He had had an unprecedented dream of great Cyclopean cities.

Sognava blocchi titanici e monoliti che si ergevano verso il cielo.

He dreamed of Titan blocks and sky-flung monoliths.

Tutta l'architettura era ricoperta da una melma verdastra.

All the architecture was dripping with green ooze.

E i suoi sogni erano sinistri, permeati da un orrore latente.

And his dreams were sinister with latent horror.

Le pareti e i pilastri erano ricoperti di geroglifici.

Hieroglyphics had covered the walls and pillars.

Da qualche parte sotto terra proveniva un suono.

From somewhere underneath there came a sound.

Il suono era quello di una voce, ma non era una voce.

The sound was of a voice, but it was not a voice.

Una sensazione caotica che solo la fantasia poteva trasformare in suono.

A chaotic sensation which only fancy could transmute into sound.

Ha tentato di pronunciare la parola quasi impronunciabile.

He attempted to say the almost unpronounceable word.

Un insieme di lettere improbabili: "Cthulhu fhtagn".

A jumble of unlikely letters; "Cthulhu fhtagn".

Questo groviglio di parole era la chiave per ricostruire i ricordi di mio zio.

This verbal jumble was the key to my uncle's recollection.

Questo strano suono eccitò e turbò il professor Angell.

This strange sound excited and disturbed Professor Angell.

Ha interrogato lo scultore con una precisione scientifica.

He questioned the sculptor with scientific minuteness.

Studiò il bassorilievo con un'intensità quasi frenetica.

He studied the bas-relief with almost frantic intensity.

Mio zio diede la colpa alla sua vecchiaia, disse poi Wilcox.

My uncle blamed his old age, Wilcox afterward said.

In gioventù avrebbe riconosciuto i geroglifici.

In his younger days he would have recognized the hieroglyphics.

Il disegno figurativo non avrebbe certo messo in difficoltà una mente così acuta.

The pictorial design wouldn't have puzzled his sharper mind.

Molte delle sue domande sembrarono alquanto fuori luogo al suo interlocutore.

Many of his questions seemed highly out of place to his visitor.

Ha cercato di collegarlo a strani culti mitologici.

He tried to connect him to strange mythological cults.

Ha cercato di fargli ammettere di appartenere a società segrete.

He tried to get him to admit affiliation to secret societies.

Mio zio promise persino di mantenere il segreto del suo visitatore.

My uncle even promised to keep his visitor's secret.

"Non fai forse parte di un gruppo mistico diffuso?"

"Are you not part of a widespread mystical group?"

"Non fai forse parte di una confessione religiosa pagana?"

"Are you not a member of a paganly religious body?"

Alla fine si convinse che lo scultore non fosse un membro.

Eventually he became convinced the sculptor wasn't a member.

Era effettivamente all'oscuro di qualsiasi culto o sistema di sapere enigmatico.

He was indeed ignorant of any cult or system of cryptic lore.

Assediò il visitatore chiedendogli resoconti futuri sui suoi sogni.

He besieged his visitor with demands for future reports of dreams.

Questa strana richiesta ha dato frutti regolari e interessanti.

This strange request bore regular and interesting fruit.

***

Dopo la prima intervista, il manoscritto registra le chiamate giornaliere.

After the first interview the manuscript records daily calls.

Raccontò frammenti sorprendenti di immagini notturne.

He related startling fragments of nocturnal imagery.

Nei suoi sogni ricorrevano sempre gli stessi temi.

There were always the same themes in his dreams.

Un terribile panorama ciclopico di pietre scure e gocciolanti.

A terrible Cyclopean vista of dark and dripping stone.

Una voce o un'intelligenza sotterranea che grida in modo monotono.

A subterranean voice or intelligence shouting monotonously.

Nei suoi sogni, due suoni sembravano ripetersi.

Two sounds seemed to repeat themselves in his dreams.

Ma questi suoni erano enigmatici quanto gli altri.

But these sounds were as enigmatic as the other sounds.

I suoni possono essere riprodotti solo dalle lettere "Cthulhu" e "R'lyeh".

The sounds can only be rendered by the letters "Cthulhu" and "R'lyeh".

Il 23 marzo, prosegue il manoscritto, Wilcox non si presentò.

On March 23rd, the manuscript continued, Wilcox failed to come.

Mio zio fece delle indagini presso il luogo in cui si trovava.

My uncle made inquiries at the quarters of his whereabouts.

Quella notte era stato colpito da una strana forma di febbre.

That night he had been stricken with an obscure sort of fever.

E fu portato a casa della sua famiglia in Waterman Street.

And he was taken to the home of his family in Waterman Street.

Quella notte aveva gridato in uno dei suoi sogni.

That night he had cried out in one of his dreams.

Le sue grida hanno allertato diversi altri artisti presenti nell'edificio.

His cries aroused several other artists in the building.

Egli alternava momenti di incoscienza a momenti di delirio.

And he was between alternations of unconsciousness and delirium.

Mio zio telefonò immediatamente alla famiglia Wilcox.

My uncle at once telephoned the family of Wilcox.

Da quel momento in poi, continuò a seguire da vicino il caso.

And from that time forward he kept close watch of the case.

Si recava spesso presso lo studio del dottor Tobey in Thayer Street.

He called often at the Thayer Street office of Dr. Tobey.

Il dottor Tobey era responsabile delle condizioni del paziente.

Dr. Tobey was in charge of the patient's condition.

La mente febbrile del giovane era assorta in pensieri strani.
The youth's febrile mind was dwelling on strange things.
Il dottore rabbrividiva di tanto in tanto mentre parlava dei sogni.
The doctor shuddered now and then as he spoke of the dreams.
I sogni riproponevano molti dei temi precedenti.
The dreams repeated a lot of the earlier themes.
Ma ora i suoi sogni accennavano a qualcosa di nuovo.
But now his dreams made mention of something new.
Una cosa gigantesca, alta "un miglio", che camminava o si muoveva goffamente.
A gigantic thing "a miles high" which walked, or lumbered about.
In nessun momento egli descrisse questo oggetto in modo completo e dettagliato.
He at no time fully described this object in any detail.
Ma il dottor Tobey riferì le parole concitate del suo paziente.
But Dr. Tobey relayed the frantic words of his patient.
E il professore si convinse sempre di più di cosa si trattasse.
And the professor became increasingly certain of what it was.
La mostruosità senza nome che aveva cercato di raffigurare nella sua scultura.
The nameless monstrosity he had sought to depict in his sculpture.
Il dottore aveva accennato al bassorilievo che aveva realizzato.
The doctor had mentioned the bas-relief he had made.
Questa menzione preannuncia il progressivo sprofondamento del giovane nella letargia.
This mention preludes the young man's subsidence into lethargy.
La sua temperatura, stranamente, non era molto superiore alla norma.
His temperature, oddly enough, was not greatly above normal.

Ma le sue condizioni generali suggerivano che avesse la febbre.

But his general condition suggested he was in a fever.

Una febbre, a differenza dell'essere in preda a un disturbo mentale.

A fever, as opposed to being in the grasp of a mental disorder.

***

Il 2 aprile, verso le 15:00, la febbre è cessata.

On April 2nd at about 3 p.m. the fever came to an end.

Ogni traccia del malanno di Wilcox cessò improvvisamente.

Every trace of Wilcox's malady suddenly ceased.

Si mise seduto dritto sul letto, come se si stesse svegliando da un sonno normale.

He sat upright in bed as if waking up from regular sleep.

Rimase stupito di ritrovarsi a casa dei suoi genitori.

He was astonished to find himself at his parents' home.

E lui ignorava completamente quanto accaduto.

And he was completely ignorant of what had happened.

Né il sogno né la realtà avevano lasciato il segno nella sua mente.

Neither dream nor reality had made an impression on his mind.

Il dottor Tobey lo ha dichiarato idoneo a essere dimesso dalle sue cure.

Dr. Tobey pronounced him fit to be dismissed from his care.

E tre giorni dopo fece ritorno ai suoi alloggi.

And he returned to his quarters three days later.

Ma al professor Angell non fu di ulteriore aiuto.

But to Professor Angell he was of no further assistance.

Con la sua guarigione, ogni traccia di strani sogni era svanita.

All traces of strange dreaming had vanished with his recovery.

Per una settimana raccontò visioni irrilevanti e del tutto ordinarie.

For a week he recounted irrelevant and thoroughly usual visions.

E mio zio non tenne più traccia dei suoi pensieri notturni.

And my uncle kept no further record of his night-thoughts.

A questo punto termina la prima parte del manoscritto.

At this point the first part of the manuscript ended.

Ma la mia ricerca era tutt'altro che conclusa.

But my research was still anything but concluded.

I riferimenti a appunti sparsi hanno aiutato a ricostruire i fatti.

References to scattered notes helped piece things together.

E c'era materiale più che sufficiente su cui riflettere.

And there was more than enough material for thought.

La mia diffidenza nei confronti dell'artista non si era ancora attenuata.

My distrust of the artist had still not subsided.

Ma ciò era dovuto in gran parte al mio scetticismo radicato.

But this was largely a result of my ingrained skepticism.

Gli appunti descrivevano i sogni di diverse persone.

The notes described the dreams of various persons.

Tutti questi sogni si verificarono mentre il giovane Wilcox aveva la febbre.

These dreams all occurred while young Wilcox was in his fever.

A quanto pare, mio zio non ha perso tempo a raccogliere i dati.

My uncle, it seems, wasted no time in collecting the data.

Aveva rapidamente avviato un'ampia e diversificata rete di indagini.

He had quickly instituted a prodigiously far-flung body of inquiries.

Metteva in discussione qualsiasi amico che non mostrasse impertinenza.

Any friend that didn't show impertinence he questioned.

Chiese loro di riferire ogni sera i loro sogni.

He requested from them nightly reports of their dreams.

E chiese loro se avessero avuto visioni degne di nota
ultimamente.
And he asked if they had had any notable visions of late.
La reazione alla sua richiesta sembra essere stata variegata.
The reception of his request seems to have been varied.
Ma di certo non sono mancate le risposte.
But there was certainly no shortage in replies.
Nessun uomo comune avrebbe potuto gestire da solo le
risposte.
No ordinary man could have handled the replies alone.
La corrispondenza originale non è stata conservata.
The original correspondences were not preserved.
Ma i suoi appunti costituivano una sintesi completa e
significativa.
But his notes formed a thorough and significant digest.

***

Inizialmente si era rivolto alla gente comune della società.
Initially he had approached average people in society.
Il "sale della terra" tradizionale del New England.
New England's traditional "salt of the earth".
Ma questo gruppo ha dato un risultato quasi completamente
negativo.
But this group gave an almost completely negative result.
Anche in questo gruppo, tuttavia, vi erano alcune eccezioni.
Though there were some exceptions to this group too.
Casi isolati di impressioni notturne inquietanti ma informi.
Scattered cases of uneasy but formless nocturnal impressions.
I loro rapporti venivano sempre redatti tra il 23 marzo e il 2
aprile.
Their reports were always between March 23rd and April 2nd.
Ciò coincideva con lo stesso periodo del delirio del giovane
Wilcox.
This aligned with the same period of young Wilcox's delirium.
Gli scienziati erano stati colpiti solo leggermente di più.
Men of science had been only a little more affected.

Sebbene quattro casi dalla descrizione vaga risultassero interessanti.

Though four cases of vague description were of interest.

Avevano intravisto, in modo fugace, paesaggi strani.

They had had fugitive glimpses of strange landscapes.

E in un caso è stata menzionata la paura di qualcosa di anomalo.

And in one case a dread of something abnormal was mentioned.

Fu dagli artisti e dai poeti che giunsero le risposte pertinenti.

It was from the artists and poets that the pertinent answers came.

È una fortuna che nessuno abbia avuto la possibilità di confrontare le proprie impressioni.

It is a blessing no one had been able to compare notes.

Se avessero condiviso le loro visioni, si sarebbe scatenato il panico.

Panic would have broken loose had they shared their visions.

Ciò, tuttavia, non riuscì a dissipare il mio radicato scetticismo.

This, however, did not dispel my ingrained skepticism.

Altri, forse, sarebbero giunti a conclusioni mitiche molto più rapidamente.

Others might have come to mythical conclusions much quicker.

Ma le lettere originali mancavano dagli appunti.

But the original letters were lacking from the notes.

Avevo il vago sospetto che il curatore avesse posto domande suggestive.

I half suspected the compiler of having asked leading questions.

O forse le corrispondenze non erano del tutto originali.

Or perhaps the correspondences weren't entirely original.

Forse mio zio aveva deciso di dare conferma ai sogni di Wilcox.

Perhaps my uncle had resolved to confirm Wilcox's dreams.

Ecco perché continuavo a nutrire sospetti nei confronti dello scultore.

That is why I continued to feel suspicious of the sculptor.

Forse era ancora a conoscenza dei vecchi dati di mio zio.

Perhaps he was still cognizant of my uncle's old data.

Forse si era comportato in modo invadente con lo scienziato veterano.

Perhaps he had been imposing on the veteran scientist.

Tuttavia, i dati a supporto dovevano essere esaminati.

Nonetheless, the corroborating data had to be investigated.

***

Le reazioni degli esteti raccontavano una storia inquietante.

The responses from the esthetes told a disturbing tale.

Dal 28 febbraio al 2 aprile i loro sogni si sono allineati.

From February 28th to April 2nd their dreams aligned.

E una buona parte di loro aveva sognato cose davvero bizzarre.

And a large proportion of them had dreamed very bizarre things.

Anche la tempistica dell'intensità dei loro sogni era di interesse.

The timing of the intensity of their dreams was also of interest.

Il periodo del delirio dello scultore ha rappresentato un momento culminante.

The period of the sculptor's delirium marked a highpoint.

L'intensità dei loro sogni era incommensurabilmente maggiore.

The intensity of their dreams were immeasurably the stronger.

Oltre un quarto ha riferito di aver sentito suoni sconosciuti e impronunciabili.

Over a quarter reported unfamiliar and unpronounceable sounds.

Rumori non dissimili da quelli descritti anche da Wilcox.

Noises not dissimilar to what Wilcox had also described.

Alcuni descrissero architetture estremamente elaborate e impossibili.

Some described highly elaborate and impossible architecture.

E alcuni dei sognatori hanno confessato di provare una paura acuta.

And some of the dreamers confessed to an acute fear.

Come Wilcox, anche loro avevano visto una cosa gigantesca e senza nome.

Like Wilcox, they had seen some gigantic nameless thing.

Un caso, che la nota descrive con enfasi, è stato molto triste.

One case, which the note describes with emphasis, was very sad.

Il soggetto era un architetto molto noto nella regione.

The subject was a widely known architect of the region.

Anche lui nutriva inclinazioni verso la teosofia e l'occultismo.

He too had leanings toward theosophy and occultism.

Quest'uomo è impazzito violentemente il 22 marzo.

This man went violently insane on March the 22nd.

Esattamente la stessa data della crisi epilettica del giovane Wilcox.

The exact same date of young Wilcox's seizure.

È spirato diversi mesi dopo, a seguito di urla incessanti.

He expired several months later, after incessant screaming.

Supplicò di essere salvato da qualche fuggitivo infernale.

He begged to be saved from some escaped denizen of hell.

Purtroppo, mio zio non ha fatto riferimento a questi casi per nome.

Regrettably, my uncle did not refer to these cases by name.

Invece, a tutti gli studi è stato assegnato solo un numero.

Instead, all studies were given nothing more than a number.

In questo modo, le mie possibilità di condurre un'indagine personale erano limitate.

This way I was limited in attempting any personal investigation.

E corroborare ulteriormente le prove era un compito arduo.

And corroborating the evidence further was demanding.

Ma alla fine sono riuscito a rintracciare alcuni casi.
But finally I did succeed in tracing down some cases.
Avrei dovuto fidarmi degli appunti di mio zio.
I should have trusted the notes from my uncle.
Hanno raccontato i loro sogni in modo fedele alle loro testimonianze.
They reported their dreams true to their reports.
Mi sono spesso chiesto cosa pensassero significasse quell'interrogatorio.
I have often wondered what they thought the questioning meant.
È meglio che nessuna spiegazione giunga mai alle loro orecchie.
It is for the best that no explanation shall ever reach them.

***

Come ho già accennato, anche mio zio collezionava ritagli di giornale.
As I have mentioned, my uncle also collected press clippings.
Questi ritagli di stampa corrispondevano alle date in questione.
These press clippings corresponded to the dates in question.
Le fonti erano sparse in tutto il mondo.
The sources were scattered throughout the globe.
Il professor Angell deve aver assunto un ufficio di censura.
Professor Angell must have employed a cutting bureau.
Perché il numero di estratti era enorme.
Because the number of extracts was tremendous.
C'era un parallelismo con questa parte della sua ricerca.
There was a parallel to this part of his research.
Casi di panico, mania ed eccentricità.
Cases of panic, mania, and eccentricity.
Un caso riguardava un suicidio notturno a Londra.
One case was a nocturnal suicide in London.
Un uomo che dormiva da solo si è lanciato da una finestra dopo aver lanciato un grido agghiacciante.

A lone sleeper had leaped from a window after a shocking cry.

Una lettera prolissa indirizzata al direttore di un giornale sudamericano.

A rambling letter to the editor of a paper in South America.

Un fanatico deduce un futuro funesto dalle visioni che ha avuto.

A fanatic deduces a dire future from visions he had had.

Un dispaccio proveniente dalla California descrive una colonia teosofica.

A dispatch from California describes a theosophist colony.

Indossarono in massa delle vesti bianche per una sorta di "gloriosa realizzazione".

They donned white robes en masse for some "glorious fulfilment".

Sebbene quella "gloriosa realizzazione" non si sia mai concretizzata.

Although that "glorious fulfilment" never arose.

Sembra esserci un forte malcontento tra gli indigeni in India.

There seems to be serious unrest from the natives in India.

Ad Haiti si moltiplicarono le orge voodoo.

Voodoo orgies multiplied in Haiti.

Gli avamposti africani riferiscono di mormorii inquietanti.

African outposts report ominous mutterings.

Gli ufficiali americani nelle Filippine trovano fastidiose alcune tribù.

American officers in the Philippines find certain tribes bothersome.

I poliziotti di New York vengono assaliti da levantini in preda all'isteria.

New York policemen are mobbed by hysterical Levantines.

Ciò accadde esattamente nella notte tra il 22 e il 23 marzo.

This occurred exactly on the night of March 22-23.

Anche l'ovest dell'Irlanda era pieno di dicerie e leggende fantasiose.

The west of Ireland, too, was full of wild rumor and legendry.

Un pittore straordinario di nome Ardois-Bonnot ha fatto notizia in Francia.

A fantastic painter named Ardois-Bonnot made the news in France.

Al Salon di primavera di Parigi espose un paesaggio onirico blasfemo.

He hung a blasphemous dream landscape in the Paris spring salon.

I problemi registrati nei manicomi erano incalcolabili.

The recorded troubles in insane asylums were immeasurable.

Dev'essere stato un miracolo a tenere all'oscuro i colleghi medici.

A miracle must have kept the medical fraternities unsuspecting.

Ma non notarono mai gli strani parallelismi tra i casi.

But they never noted the strange parallelisms of the cases.

Altrimenti anche loro sarebbero giunti a conclusioni mistificate.

Else they too would have come to mystified conclusions.

Devo ammettere che si trattava davvero di una serie di strani ritagli di carta.

I must confess these were indeed a set of weird paper cuttings.

Mio zio aveva presentato un argomento convincente.

My uncle had put forward a convincing argument.

Non so spiegare come ho fatto a mettere da parte le prove.

I can't explain how I set the evidence aside.

Ma il mio spietato razionalismo ha avuto la meglio.

But my callous rationalism took the upper hand.

E continuavo a nutrire sospetti nei confronti del giovane scultore Wilcox.

And I was still suspicious of the young sculptor, Wilcox.

Doveva essere a conoscenza delle questioni più vecchie menzionate dal professore.

He must have known of the older matters mentioned by the professor.

La storia dell'ispettore Legrasse
The Tale of Inspecter Legrasse

Permettetemi di distogliere la vostra attenzione dal giovane scultore.
Let me turn your attention away from the young sculptor.
Concentriamoci ora sulla seconda parte del manoscritto.
And let us focus on the second half of the manuscript.
Qualche sogno da solo non avrebbe avuto un significato così rilevante.
A few dreams alone would not have been so significant.
Il bassorilievo avrebbe potuto essere liquidato come una bufala.
The bas-relief could have been dismissed as a hoax.
Ma mio zio era già stato predisposto a interessarsi alla questione.
But my uncle had previously been primed to take interest.
Il sogno di Wilcox sembrava avere un legame con eventi passati.
Wilcox's dream seemed to have a link to past events.
Non era la prima volta che sentiva quella parola.
It wasn't the first time that he had heard that word.
Le sillabe minacciose forse scritte come "Cthulhu".
The ominous syllables perhaps written as "Cthulhu".
Aveva già visto e sentito descrizioni simili.
He had seen and heard of similar descriptions before.
I contorni infernali della mostruosità senza nome.
The hellish outlines of the nameless monstrosity.
In precedenza si era interrogato sugli stessi geroglifici.
He had previously puzzled over the same hieroglyphics.
Tutto ciò ha generato una terribile serie di eventi.
All this produced a horrible connection of events.
Non c'è da stupirsi che abbia incalzato il giovane Wilcox con domande.
It is no wonder he pursued young Wilcox with queries.
E non dobbiamo sorprenderci che abbia interrogato Wilcox in questo modo.

And we must not be surprised he interrogated Wilcox so.
Questa precedente esperienza risaliva all'anno 1908.
This earlier experience had come in the year of 1908.
Diciassette anni prima che Wilcox arrivasse dal mio prozio.
Seventeen years before Wilcox came to my great-uncle.
La società archeologica si riuniva a St. Louis.
The archeological society were meeting in St. Louis.
Il professor Angell ha avuto un ruolo di primo piano nelle deliberazioni.
Professor Angell had a prominent part in the deliberations.
Le sue responsabilità erano commisurate alla sua autorità.
His responsibilities befitted one of his authority.
Fu uno dei primi ad essere avvicinato da diverse persone esterne.
He was one of the first to be approached by several outsiders.
Hanno approfittato dell'assemblea per porre delle domande.
They took advantage of the convocation to offer questions.
Speravano di ricevere una risposta corretta da un esperto.
They hoped for correct answering from an expert.
Ognuno di loro aveva problemi di tipo molto particolare.
They each had very peculiar types of problems.
E richiedevano soluzioni di tipo molto diverso.
And they required very different types of solutions.
Il capo di questi era un uomo di mezza età dall'aspetto comune.
The chief of these was a common-looking middle-aged man.
E ben presto divenne il punto focale dell'incontro.
And he quickly became the meeting's focus of interest.

***

Aveva viaggiato fino a St. Louis partendo da New Orleans.
He had traveled to St. Louis all the way from New Orleans.
Era venuto alla riunione per ricevere informazioni specifiche.
He had come to the meeting for special information.
Conoscenze che non potevano essere ottenute da fonti locali.

Knowledge that could not be unobtained from local source.
Si chiamava John Raymond Legrasse ed era un ispettore di polizia.
His name was John Raymond Legrasse, police inspector.
Portava con sé il misterioso oggetto delle sue indagini.
He bore with him the mysterious subject of his inquiries.
Una statuetta di pietra grottesca e apparentemente molto antica.
A grotesque and apparently very ancient stone statuette.
Una statuetta di cui nessuno era riuscito a stabilire l'origine.
A statuette whose origin no one had been able to determine.
Ma non date per scontato che l'ispettore Legrasse fosse un archeologo.
But don't assume Inspector Legrasse was an archeologist.
Non nutriva alcun interesse per l'archeologia né per la mitologia.
He had very little interest in archeology, nor mythology.
Il suo desiderio di illuminazione aveva motivazioni piuttosto diverse.
His wish for enlightenment had rather different motivations.
La sua decisione di venire è stata dettata da considerazioni puramente professionali.
He was prompted to come by purely professional considerations.
La statuetta era stata sequestrata nel corso di un'irruzione della polizia.
The statuette had been captured as part of a police raid.
Sebbene non sia stato accertato se si trattasse effettivamente di una statuetta.
Although whether it was even a statuette wasn't determined.
Potrebbe anche trattarsi di un idolo, un feticcio magico o un amuleto.
It could also have been an idol, magic fetish, or charm.
Qualunque cosa fosse, era stata catturata alcuni mesi prima.
Whatever it was, it had been captured some months previously.

Si stava tenendo una riunione nelle paludi boscose di New Orleans.

A meeting was being held in the wooded swamps of New Orleans.

La polizia aveva ricevuto una soffiata su un presunto incontro di voodoo.

The police had been tipped of about a supposed voodoo meeting.

Strani e orribili riti legati al mondo del voodoo.

Strange and hideous rites connected with the voodoo circle.

La polizia non poté fare a meno di rendersi conto di cosa aveva scoperto.

The police could not but realize what they had stumbled on.

Un culto oscuro fino ad allora totalmente sconosciuto alle autorità.

A dark cult previously totally unknown to the authorities.

Infinitamente più sinistro di quanto un estraneo potrebbe immaginare.

Infinitely more sinister than what an outsider could expect.

Più diabolico dei più oscuri circoli voodoo africani.

More diabolic than the blackest of the African voodoo circles.

Ai membri della setta catturati vennero estorte storie incredibili.

Unbelievable tales were extorted from the captured cult members.

Ma non è stato possibile scoprire nulla sull'origine della reliquia.

But nothing of the relic's origin could be discovered.

Da qui la preoccupazione della polizia per qualsiasi informazione di carattere antiquario.

Hence the anxiety of the police for any antiquarian lore.

L'antica mitologia potrebbe spiegare il significato di questo simbolo inquietante.

Ancient mythology might explain the frightful symbol.

Una conoscenza più approfondita potrebbe forse consentire di risalire alla sorgente.

Deeper knowledge could perhaps track the fountain-head.

L'ispettore Legrasse non era preparato all'entusiasmo che aveva suscitato.

Inspector Legrasse was not prepared for the excitement he created.

Bastò un solo sguardo all'oggetto misterioso.

One sight of the mysterious object was all that was required.

Gli scienziati riuniti erano pieni di curiosità.

The assembled men of science were filled with curiosity.

Non persero tempo e si accalcarono intorno all'ispettore.

They lost no time in crowding closely around the inspector.

E tutti cercarono di osservare al meglio la piccola figura.

And they all tried to get the best look at the diminutive figure.

***

L'antichità, di una desolazione autentica, ha ispirato una fervida immaginazione.

The genuinely abysmal antiquity inspired wild imagination.

La stranezza alludeva in modo così potente a orizzonti arcaici e inesplorati.

The strangeness hinted so potently at unopened and archaic vistas.

Nessuna scuola di scultura riconosciuta aveva mai dato vita a quest'opera terribile.

No recognized school of sculpture had animated this terrible object.

Eppure, secoli sembravano essere impressi nella superficie fioca e verdastra.

Yet centuries seemed recorded in the dim and greenish surface.

Forse migliaia di anni sono racchiusi in questa pietra inclassificabile.

Perhaps thousands of years were hidden in this unplaceable stone.

La statuetta venne infine passata lentamente di mano in mano.

The figurine was finally passed slowly from man to man.

Ciascuno scienziato studiò attentamente gli strani segni presenti sulla pietra.
Each scientist carefully studied the strange markings of the stone.
L'opera aveva un'altezza compresa tra sette e otto pollici.
The work was between seven and eight inches in height.
È doveroso sottolineare la squisita fattura artistica.
And the exquisite artistic workmanship must be noted.
Le sculture raffiguravano un mostro dai contorni vagamente antropomorfi.
The carvings represented a monster of vaguely anthropoid outline.
Sulla superficie della testa, simile a quella di un polpo, si trovava una massa di tentacoli.
On the face of the octopus-esque head was a mass of feelers.
Artigli prodigiosi sporgevano dal corpo sia dalle zampe posteriori che da quelle anteriori.
Prodigious claws on hind and fore feet protruded from the body.
La corpulenza gonfia aveva un aspetto gommoso.
The bloated corpulence had a rubbery looking quality to it.
E da dietro il corpo gommoso spuntavano due ali strette.
And from behind the rubbery body came out two narrow wings.
Sarebbe istintivo pensare a questa cosa come a qualcosa di spaventoso.
It would be instinctual to think of this thing as fearsome.
L'aura della creatura emanava una malignità innaturale.
There was an unnatural malignancy to the aura of the creature.
Il gigantesco era accovacciato in modo sinistro su un blocco rettangolare.
The gargantuan squatted evilly on a rectangular block.
Il piedistallo su cui era posto era ricoperto di caratteri indecifrabili.
The pedestal it was on was covered with undecipherable characters.

Le punte delle ali toccavano il bordo posteriore del blocco.

The tips of the wings touched the back edge of the block.

La creatura era seduta al centro del blocco gigante.

The creature was sitting on the middle of the giant block.

Le sue zampe erano ripiegate sotto il suo corpo mostruoso.

Its legs were doubled up under its monstrous body.

I lunghi artigli ricurvi si aggrappavano al bordo anteriore della scogliera.

The long, curved claws gripped the front edge of the cliff.

La testa del cefalopode era piegata in avanti, a osservare il suo regno.

The cephalopod head was bent forward, observing its kingdom.

Le estremità delle antenne facciali sfioravano il dorso delle enormi zampe anteriori.

The ends of the facial feelers brushed the backs of huge forepaws.

E le zampe anteriori si aggrapparono alle ginocchia sollevate dell'animale accovacciato.

And the forepaws clasped the croucher's elevated knees.

L'aspetto della scena grottesca era anormalmente realistico.

The appearance of the grotesque scene was abnormally lifelike.

Ma questa qualità realistica non faceva altro che aggiungere un sottile motivo per avere più paura.

But this lifelike quality only added a subtle reason to be more fearful.

Perché non sapevamo nulla sulla fonte dell'immagine.

Because we knew nothing about the source of the depiction.

L'età immensa, imponente e incalcolabile della creatura era inconfondibile.

The creature's vast, awesome, and incalculable age was unmistakable.

Ma la raffigurazione non mostrava alcun collegamento con alcun tipo di arte conosciuta.

But not one link did the depiction show with any known type of art.

Nemmeno le civiltà più antiche fecero riferimento a questa creatura.

Not even the earliest civilizations made reference to this creature.

Ma questo non è l'unico punto in cui la nostra conoscenza ci ha tradito.

But that is not the only point at which our knowledge failed us.

***

Anche la composizione mineralogica della pietra era un mistero assoluto.

The mineralogy of the stone was also a complete mystery.

Sulla pietra saponosa, di colore nero-verdastro, erano presenti delle pagliuzze dorate.

Gold specks dotted the soapy, greenish-black stone.

Striature iridescenti percorrevano tutta la lunghezza della pietra.

Iridescent striations ran along the length of the stone.

In breve, la pietra non assomigliava a nulla dal punto di vista mineralogico.

In short, the stone resembled nothing within mineralogy.

Neanche i geologi erano riusciti a identificare la pietra.

Geologists hadn't been able to identify the stone either.

I geroglifici incisi sulla pietra erano altrettanto enigmatici.

The hieroglyphs along the stone were equally baffling.

Il sistema di scrittura era terribilmente diverso dagli altri sistemi di scrittura.

The writing system was horribly different than other scripts.

Era presente un rappresentante della metà dei maggiori esperti mondiali.

A representation of half the world's leading experts was present.

Ma non è stato possibile stabilire alcun collegamento con un sistema di scrittura conosciuto.

But no link to any known writing system could be established.

Tutto suggeriva in modo inquietante un antico e sacrilego ciclo di vita.

Everything frightfully suggested an old and unhallowed cycle of life.

Una storia in cui il nostro mondo e le nostre concezioni non hanno avuto alcun ruolo.

A history in which our world and our conceptions played no part.

Gli esperti scossero la testa, ammettendo la sconfitta.

The experts shook their heads, admitting they had been defeated.

Ma un esperto non si è arreso così in fretta.

But one expert did not give up quite so quickly.

Sosteneva di avere una strana, bizzarra familiarità con l'argomento.

He claimed to have a touch of bizarre familiarity with the subject.

La forma mostruosa e la scrittura non erano del tutto nuove per lui.

The monstrous shape and writing weren't entirely new to him.

Con una certa timidezza raccontò delle stranezze che conosceva.

With some diffidence he told of the odd trifle he knew.

Questa persona era il defunto William Channing Webb.

This person was the late William Channing Webb.

Era professore di antropologia all'Università di Princeton.

He was professor of anthropology in Princeton University.

Ed era un esploratore di non poca importanza.

And he was an explorer of no small significance.

***

Quarantotto anni fa stava esplorando la Groenlandia e l'Islanda.

Forty-eight years ago he was exploring Greenland and Iceland.

Il suo gruppo era alla ricerca di alcune iscrizioni runiche.

His group were in search of some Runic inscriptions.

Ma la spedizione non riuscì a rinvenire alcuna iscrizione.

But the expedition failed to unearth any inscriptions.

Hanno percorso a piedi le alture delle coste della Groenlandia occidentale.

They trekked the heights of West Greenland's coasts.

Qui incontrarono una strana setta di eschimesi degenerati.

Here they encountered a strange cult of degenerate Eskimos.

La loro religione consisteva in una forma di culto del diavolo.

Their religion consisted of a form of devil-worship.

E i loro rituali erano deliberatamente sanguinari e ripugnanti.

And their rituals were deliberately bloodthirsty and repulsive.

Si trattava di una fede che gli altri eschimesi conoscevano ben poco.

It was a faith of which other Eskimos knew little.

Gli abitanti del luogo rabbrividirono al solo sentire parlare di quelle pratiche.

Locals shuddered at the mention of their practices.

Dicevano che le loro credenze provenivano da ere terribilmente antiche.

They said their believes came from horribly ancient eons.

Un'epoca precedente alla creazione del mondo come lo conosciamo oggi.

A time before the world as we know it now had ever been made.

Vi erano sacrifici umani e strani rituali ereditari.

There were human sacrifices and queer hereditary rituals.

E tutta la loro adorazione era rivolta a un tornasuk supremo.

And all their worship was directed at a supreme tornasuk.

Il professor Webb aveva preso una copia fonetica da un vecchio angekok.

Professor Webb had taken a phonetic copy from an aged angekok.

Aveva trascritto al meglio delle sue capacità gli incantesimi del mago-sacerdote.

He had transcribed the wizard-priest's chants as best he could.

Ma al momento queste trascrizioni non erano di primaria importanza.

But currently these transcriptions weren't of prime significance.

La setta possedeva una pietra preziosa che venerava.

The cult had a cherished stone that they worshipped.

Danzarono selvaggiamente quando l'aurora boreale si levò sopra le scogliere di ghiaccio.

They danced wildly when the aurora leaped over the ice cliffs.

E nel bel mezzo della loro danza apparve la strana pietra.

And in the midst of their dance was the strange stone.

Si trattava, affermò il professore, di un bassorilievo in pietra molto rozzo.

It was, the professor stated, a very crude bas-relief of stone.

La pietra recava un'immagine orribile e delle iscrizioni criptiche.

The stone comprised a hideous picture and some cryptic writing.

E per quanto ne sapeva, questa pietra era approssimativamente parallela.

And as far as he could tell this stone was a rough parallel.

La pietra possedeva tutte le stesse caratteristiche essenziali delle creature bestiali.

The stone had all the same essential features of bestial things.

Gli scienziati hanno accolto questi dati con suspense e stupore.

The scientists received this data with suspense and astonishment.

Anche l'ispettore Legrasse si era presto interessato alla mitologia.

Even Inspector Legrasse had quickly gained an interest in mythology.

E subito cominciò a tempestare di domande il suo informatore.

And he began at once to ply his informant with questions.

Aveva preso appunti sui rituali orali dei fedeli del culto
nella palude.
He had notes of the oral ritual of the cult-worshipers in the
swamp.
Pregò il professore di ricordare i canti diabolici degli
eschimesi.
He besought the professor to remember the diabolist Eskimos'
chants.
Seguì quindi un confronto esaustivo dei dettagli.
There then followed an exhaustive comparison of details.
E poi seguì un momento di silenzio reverenziale.
And there then followed a moment of really awed silence.
Gli stregoni eschimesi e i sacerdoti delle paludi della
Louisiana erano mondi a parte.
The Eskimo wizards and the Louisiana swamp-priests were
worlds apart.
Eppure c'era una frase che i due rituali infernali avevano in
comune.
And yet there was a phrase the two hellish rituals had in
common.
"Ph'nglui mglw'nafh Cthulhu R'lyeh wgah'nagl fhtagn."
"Ph'nglui mglw'nafh Cthulhu R'lyeh wgah'nagl fhtagn."

***

Legrasse aveva un vantaggio sul professor Webb.
Legrasse had one advantage over Professor Webb.
Aveva parlato con diversi dei suoi prigionieri meticci.
He had spoken to several of his mongrel prisoners.
Alcuni di loro avevano tramandato il significato della frase.
Some of them had passed on the phrase's meaning.
"Nella sua casa a R'lyeh, il morto Cthulhu attende
sognando."
"In his house at R'lyeh dead Cthulhu waits dreaming."
L'attenzione tornò quindi a concentrarsi sull'ispettore
Legrasse.
So the attention turned back to Inspector Legrasse.

E gli furono poste molte domande scollegate tra loro.
And he was probed with many disconnected questions.
Descrisse dettagliatamente la sua esperienza con i fedeli provenienti dalla palude.
He detailed his experience with the worshipers from the swamp.
Mio zio attribuiva un profondo significato a quella storia.
My uncle attached profound significance to the story.
Il rapporto sapeva dei sogni più sfrenati dei creatori di miti.
The report savored of the wildest dreams of myth-makers.
Nemmeno i teosofi avrebbero potuto essere più fantasiosi.
Theosophists could not have provided more imagination.
Ma le filosofie provenivano da fonti inaspettate.
But the philosophies came from unexpected sources.
I meticci e i paria raccontavano queste storie fantastiche.
Half-castes and pariahs told these fantastical stories.
Il 1° novembre 1907, ebbe inizio la serie di eventi che lo videro protagonista.
On November 1st, 1907, his chain of events unfolded.
La polizia di New Orleans ha ricevuto chiamate disperate.
The New Orleans police received desperate calls.
Furono chiamati a recarsi nelle zone paludose e lagunari del sud.
They were called to the swamp and lagoon country to the south.
I primi coloni che vi si stabilirono erano per lo più primitivi, ma di buon carattere.
The settlers there were mostly primitive, but good-natured.
La maggior parte di coloro che vivevano vicino alla palude erano discendenti degli uomini di Lafitte.
Most living by the swamp were descendants of Lafitte's men.
Ma ora erano preda di un terrore puro.
But now they were in the grip of stark terror.
Una cosa sconosciuta si era intrufolata tra loro durante la notte.
An unknown thing had stolen upon them in the night.
A quanto pare, è stato il voodoo a causare il disturbo.

It was voodoo, apparently, that caused the disturbance.

Ma si trattava di un voodoo diverso dalle altre forme di voodoo.

But it was a voodoo unlike the other forms of voodoo.

Un rito voodoo di una natura ben più terribile di qualsiasi altro avessero mai conosciuto.

Voodoo of a more terrible sort than they had ever known.

Alcune delle loro donne e dei loro bambini erano scomparsi.

Some of their women and children had disappeared.

Un sinistro tamburellare aveva cominciato il suo incessante battere.

A malevolent drumming had begun its incessant beating.

Nel profondo e oscuro di quei boschi infestati dai fantasmi.

Far and deep within those dark, black haunted woods.

Là, dove nessun abitante osava avventurarsi.

There, where no dweller dared to ventured close to.

Si udirono urla folli e grida strazianti.

There were insane shouts and harrowing screams.

Canti agghiaccianti e fiamme demoniache danzanti.

Soul-chilling chants and dancing devil-flames.

Il messaggero e il suo popolo non ne potevano più.

The messenger and his people could stand it no more.

Un contingente di venti poliziotti si mise in cammino nel tardo pomeriggio.

A body of twenty police set out in the late afternoon.

E un colono tremante li accompagnò come guida.

And a shivering settler came with them as a guide.

***

Scesero alla fine della strada percorribile.

At the end of the passable road they alighted.

Per chilometri e chilometri continuarono a sguazzare in silenzio.

For miles and miles they splashed on in silence.

E proseguirono attraverso gli spaventosi boschi di cipressi.

And they went on through the terrible cypress woods.

Bosco oscuro, oscuro in cui il giorno non arrivava quasi mai.
Dark, dark woods in which day but almost never came.
Le radici intricate tendono trappole per loro nel terreno umido.
Ugly roots set traps for them in the wet ground.
Erano infestati da maligni grovigli di muschio spagnolo.
Malignant hanging nooses of Spanish moss beset them.
In lontananza, l'insediamento apparve lentamente all'orizzonte.
In the distance the settlement slowly came into sight.
Gli abitanti, in preda all'isteria, fuggirono dalle misere capanne.
Hysterical dwellers ran out of the miserable huts.
Si radunarono attorno al gruppo di lanterne ondeggianti.
They clustered around the group of bobbing lanterns.
Molto, molto lontano si poteva udire la causa di tutta quella paura.
Far, far ahead the cause of all the fear could be heard.
Il suono ovattato dei tamburi era ora appena udibile.
The muffled beat of drums was now faintly audible.
A tratti il vento cambiava direzione, rivelando suoni diversi.
At times the wind shifted and revealed different sounds.
Si udivano urla agghiaccianti a intervalli irregolari.
Curdling shrieks were audible at infrequent intervals.
Un bagliore rossastro sembrava filtrare attraverso il sottobosco.
A reddish glare seemed to filter through the undergrowth.
I coloni erano riluttanti a essere lasciati di nuovo soli.
The settlers were reluctant to be left alone again.
Ma si sono categoricamente rifiutati di fare un passo avanti.
But they point blank refused to move forwards either.
Così l'ispettore e i suoi colleghi si lanciarono all'attacco senza alcuna guida.
So the inspector and his colleagues plunged on unguided.
E si addentrarono nelle oscure sale giochi dell'orrore.
And they went into the black arcades of horror.

La regione aveva una reputazione tradizionalmente negativa.

The region was one of traditionally evil repute.

Quelle terre erano sostanzialmente sconosciute agli uomini bianchi.

The lands were substantially unknown by white men.

Non molti esploratori avevano ancora attraversato quelle regioni.

Not many explorers had traversed those regions yet.

Circolavano anche leggende su un lago nascosto.

There were also legends of a hidden away lake.

Uno specchio d'acqua ancora inesplorato dalla vista umana.

A body of water still unglimpsed by mortal sight.

Si diceva che nel lago vivesse una strana creatura.

In the lake it was said there dwelt a strange creature.

Una cosa enorme, informe, bianca e poliposa con un occhio luminoso.

A huge, formless white polypous thing with luminous eye.

E i coloni bisbigliavano di diavoli con le ali di pipistrello.

And settlers whispered about bat-winged devils.

Sono emersi dalle caverne situate nelle profondità della terra.

They flew up out of caverns from the inner earth.

E insieme i demoni lo adorano a mezzanotte.

And together the demons worship it at midnight.

Hanno detto che era lì prima di D'Iberville.

They said it had been there before D'Iberville.

Hanno detto che era lì anche prima di La Salle.

They said it had been there before La Salle too.

Dicevano che esisteva già prima dei nativi americani.

They said it was there before the Native Americans.

Forse era presente anche prima delle bestie innocue.

Perhaps it was even there before the wholesome beasts.

Era un incubo a sé stante, quello che faceva sognare gli uomini.

It was a nightmare itself that made men dream.

E vedere quella cosa equivaleva alla morte.

And to see the thing was the same as death.
E quindi avevano avuto tempo sufficiente per sapere di dover stare alla larga.
And so they had enough warning to know to keep away.
Perché era proprio lì che erano stati avvertiti.
Because it was indeed where they were warned it was.
L'orgia voodoo si svolgeva ai margini di questa zona aborrita.
The voodoo orgy was on the fringe of this abhorred area.
Ma la posizione era già di per sé abbastanza pessima.
But the location was already bad enough by itself.
Le pratiche voodoo non fecero altro che accrescere l'orrore.
The voodoo activities only added to the horror.
Forse la poesia potrebbe rendere giustizia ai rumori uditi.
Perhaps poetry could do justice to the noises heard.
Altrimenti solo la follia permetterebbe di capire.
Otherwise only madness would help one understand.
Ma Legrasse ha continuato a farsi strada attraverso la palude nera.
But Legrasse's plowed on through the black morass.
Il suono del tamburo ovattato si cristallizzò lentamente.
The sound of the muffled drumming slowly crystalized.
E continuarono ad avanzare con passo fermo verso il bagliore rosso.
And they continued steadily towards the red glare.

***

Esistono qualità vocali specifiche degli uomini.
There are vocal qualities specific to men.
E ci sono qualità vocali specifiche degli animali.
And there are vocal qualities specific to beasts.
È terribile quando uno imita i suoni dell'altro.
It is terrible when one makes the sounds of the other.
La furia animale li liberò dalle restrizioni umane.
Animal fury freed them of their human restraint.
La licenza orgiastica li spinse a vette demoniache.

Orgiastic license whipped them into demoniac heights.

Ululati che laceravano quei boschi perennemente bui.

Howls that tore through those perpetually dark woods.

Estasi stridule che riecheggiavano nella mente di tutti.

Squawking ecstasies that echoed in everyone's mind.

Sembrano tempeste pestilenziali provenienti dagli abissi infernali.

Sounds like pestilential tempests from the gulfs of hell.

Di tanto in tanto, le ululazioni meno organizzate cessavano.

Now and then the less organized ululations would cease.

Un coro ben addestrato di voci rauche si levò in un canto melodioso.

A well-drilled chorus of hoarse voices rose in singsong.

E intonarono quella frase orribile del loro rituale.

And they chanted that hideous phrase of their ritual.

"Ph'nglui mglw'nafh Cthulhu R'lyeh wgah'nagl fhtagn"

"Ph'nglui mglw'nafh Cthulhu R'lyeh wgah'nagl fhtagn"

Poi gli uomini raggiunsero un punto in cui gli alberi erano più radi.

Then the men reached a spot where the trees were sparser.

Improvvisamente si ritrovano di fronte allo spettacolo stesso.

Suddenly they come in sight of the spectacle itself.

Quattro di loro rimasero sconvolti dalle cose orribili che avevano visto.

Four of them reeled from the horrible things they saw.

Un uomo svenne, e due furono scossi fino a scoppiare in un pianto disperato.

One man fainted, and two were shaken into a frantic cry.

Fortunatamente le loro urla non sono state udite da altri.

Fortunately their screams were not heard by other ears.

La folle cacofonia dell'orgia attutiva le loro urla.

The mad cacophony of the orgy deadened their screams.

Legrasse spruzzò acqua di palude sull'uomo svenuto.

Legrasse splashed swamp water on the fainting man.

Si rialzarono, ma quasi ipnotizzati dall'orrore.

They stood up again, but nearly hypnotized with horror.

In una radura naturale della palude sorgeva un'isola erbosa.

In a natural glade of the swamp stood a grassy island.

L'isola erbosa si estendeva forse per un acro.

The grassy island extended perhaps for an acre.

La zona era priva di alberi e abbastanza asciutta.

And the area was clear of trees and tolerably dry.

Un'orda di esseri umani deformi balzò e si contorse.

A horde of human abnormality leaped and twisted.

Nessun Sime avrebbe potuto descrivere ciò che quegli uomini stavano vedendo.

No Sime could paint what the men were seeing.

Nessun artista di Angarola ha mai dipinto una scena così indescrivibile.

No Angarola has ever painted such an indescribable scene.

La progenie ibrida ha creato un mostruoso falò a forma di anello.

The hybrid spawn made a monstrous ring-shaped bonfire.

Ragliavano, muggivano e si contorcevano nudi.

They brayed bellowed and writhed about in their nudity.

A tratti si aprivano delle fenditure nella cortina di fiamme.

Occasionally there were rifts in the curtain of flame.

E lì si rivelò l'oggetto del loro culto.

And there the object of their worship revealed itself.

Nel mezzo del fuoco si ergeva un grande monolite di granito.

In the midst of the fire stood a great granite monolith.

La struttura in pietra era alta solo circa otto piedi.

The stone structure was only about eight feet in height.

E la ripugnante statuetta scolpita poggiava sul monolite.

And the noxious carven statuette rested on the monolith.

L'ozio risultava quasi incongruo nella sua piccolezza.

The idle was almost incongruous in its diminutiveness.

Intorno all'incendio erano state erette impalcature a distanza regolare.

Spaced evenly, scaffolds had been erected around the fire.

Dalle impalcature pendevano diversi corpi mutilati.

From the scaffolding hung a number of marred bodies.

I corpi di coloro che erano scomparsi nelle vicinanze.
The bodies of those that had disappeared from nearby.
All'interno di questo cerchio si trovava la cerchia dei fedeli.
It was inside this circle the ring of worshipers were.
E ruggirono e saltarono in una frenetica trance.
And they roared and jumped in the frantic trance.
La direzione generale del movimento era antioraria.
The general direction of the motion was anti-clockwise.
L'anello di corpi che circonda l'anello di fuoco.
The ring of bodies circling around the ring of fire.
Un uomo ricordò altri dettagli ancora più inquietanti.
One man recollected other details even more concerning.
Ma forse gli echi lo indussero a sentire altre cose.
But perhaps the echoes induced him to hear other things.
Gli sembrava di udire risposte antifonali al rituale.
He fancied he heard antiphonal responses to the ritual.
Rumori provenienti da un punto non illuminato più in profondità nel bosco.
Noises from an unillumined spot deeper within the woods.
In seguito conobbi quest'uomo, Joseph D. Galvez, e lo interrogai.
This man, Joseph D. Galvez, I later met and questioned.
E si è dimostrato davvero dotato di una fantasia che distrae.
And he proved to indeed be distractingly imaginative.
Ha persino accennato al debole battito di grandi ali.
He even hinted at the faint beating of great wings.
E suggerì di aver intravisto degli occhi scintillanti.
And he suggested there was a glimpse of shining eyes.
E oltre gli alberi, un'imponente massa bianca, simile a una montagna.
And beyond the trees, a mountainous white bulk of something.
Suppongo che avesse sentito parlare troppo di superstizioni locali.
I suppose he had heard too much native superstition.
Ma in realtà la pausa di orrore fu relativamente breve.
But actually the horrified pause was relatively brief.

Il dovere veniva prima di tutto, ed erano venuti per svolgere un lavoro.

Duty came first, and they had come to do a job.

***

Ci dovevano essere quasi un centinaio di meticci che partecipavano alla festa.

There must have been nearly a hundred mongrel celebrants.

Ma la polizia ha potuto contare sulle proprie armi da fuoco.

But the police were able to rely on their firearms.

E si tuffarono con determinazione nella nauseante rotta.

And they plunged determinedly into the nauseous rout.

Per cinque minuti il frastuono caotico è stato indescrivibile.

For five minutes the chaotic din was beyond description.

Furono sferrati colpi selvaggi e sparati colpi d'arma da fuoco.

Wild blows were struck and shots were fired.

Alcuni riuscirono a sfuggire all'arresto correndo nell'oscurità.

Some escaped arrest by running into the darkness.

Avevano una conoscenza migliore della conformazione della palude.

They had a better knowledge of the layout of the swamp.

Ma Legrasse e i suoi uomini ne catturarono circa la metà.

But Legrasse and his men caught around half of them.

E contarono circa quarantasette prigionieri dall'aria imbronciata.

And they counted around forty-seven sullen prisoners.

Furono costretti a rivestirsi di nuovo.

They were forced to put on their clothes again.

E si misero in fila tra due file di poliziotti.

And they fell into line between two rows of policemen.

Cinque fedeli giacevano morti accanto al fuoco.

Five of the worshipers lay dead by the fire.

Due prigionieri gravemente feriti furono portati via.

Two severely wounded prisoners were carried away.

Naturalmente l'immagine sul monolite è stata rimossa.

Of course the image on the monolith was removed.

Fu lo stesso Legrasse a portare le prove alla stazione di polizia.

Legrasse himself took the evidence to the police station.

Il viaggio di ritorno al quartier generale fu estremamente faticoso.

The trip back to the headquarters was of intense strain.

Gli uomini furono esaminati al loro ritorno alla civiltà.

The men were examined when they got back to civilization.

Tutti i prigionieri si rivelarono essere uomini di bassissima moralità.

The prisoners all proved to be men of a very low type.

Erano tutti di sangue misto e mentalmente devianti.

They were all mixed-blooded, and mentally aberrant.

La maggior parte erano marinai di professione o svolgevano lavori simili.

Most were seamen by trade, or some similar professions.

Tra di loro erano presenti anche neri e mulatti.

Negroes and mulattoes were sprinkled among them.

Ma la maggior parte sembrava essere di origine caraibica o portoghese Brava.

But most seemed to be West Indians or Brava Portuguese.

Provenivano principalmente dalle isole di Capo Verde.

They primarily came from the Cape Verde Islands.

Hanno conferito a questo culto eterogeneo una connotazione voodoo.

They gave the heterogeneous cult a coloring of voodooism.

Ma non c'era nemmeno bisogno di fare troppe domande.

But there wasn't even a need to ask too many questions.

La conclusione si manifestò ben presto da sola.

The conclusion quickly became manifest by itself.

C'era di mezzo qualcosa di ben più profondo del feticismo per i neri.

Something far deeper than negro fetishism was involved.

Sebbene ignoranti, la loro versione dei fatti era coerente.

Although ignorant, but their story was consistent.

Tutte le creature parlavano della stessa idea centrale.

The creatures all spoke of the same central idea.
Di certo, tutti condividevano la stessa ripugnante fede.
They certainly all shared the same loathsome faith.
Essi adoravano, così dicevano, i grandi antichi.
They worshiped, so they said, the great old ones.
I grandi antichi vissero molto prima che esistessero gli uomini.
The great old ones lived long before there were any men.
E vennero nel mondo giovane dal cielo.
And they came to the young world out of the sky.
Quei vecchi modelli ormai non c'erano più, spiegarono.
Those old ones were now gone, they explained.
Ora si trovavano all'interno della terra e sotto il mare.
They were now inside the earth and under the sea.
Ma i loro corpi senza vita trovarono il modo di rivelare i loro segreti.
But their dead bodies found ways to tell their secrets.
Sussurravano nei sogni dei primi uomini.
They whispered into the dreams of the first men.
E i primi uomini formarono un culto che non è mai morto.
And the first men formed a cult which has never died.

***

La setta era sempre esistita e sarebbe sempre esistita.
The cult had always existed, and always would exist.
I loro seguaci si nascondevano tra le distese desolate di tutto il mondo.
Their followers were hidden in wastes all over the world.
I loro seguaci si trovavano in luoghi oscuri, trascurati dagli esploratori.
Their followers were in dark places explorers overlooked.
E sarebbero rimasti nascosti finché non fossero stati chiamati.
And they would remain hidden until they were called.
Quando il grande sacerdote Cthulhu risorge in superficie.
When the great priest Cthulhu rises again to the surface.

Quando Cthulhu riporta la Terra sotto il suo dominio.
When Cthulhu brings the earth again beneath his sway.
Quando Cthulhu lascia la sua oscura dimora nella possente città di R'lyeh.
When Cthulhu leaves from his dark house in the mighty city of R'lyeh.
Un giorno sarebbe venuto a trovarci, quando le stelle fossero state pronte.
Some day he was going call, when the stars were ready.
E la setta segreta sarà sempre in agguato, pronta a liberarlo.
And the secret cult will always be waiting to liberate him.
Nel frattempo, non si deve raccontare altro della sua storia.
Meanwhile, no more of his story must be told.
C'era un segreto che nemmeno la tortura era riuscita a svelare.
There was a secret even torture could not extract.
L'umanità non era l'unica forma di vita senziente sulla Terra.
Mankind was not alone among the conscious things of earth.
Perché delle forme sono emerse dall'oscurità per far visita ai pochi fedeli.
Because shapes came out of the dark to visit the faithful few.
Ma questi non erano i grandi di un tempo.
But these were not the great old ones.
Nessun uomo aveva mai visto i grandi antichi.
No man had ever seen the great old ones.
L'idolo scolpito raffigurava il grande Cthulhu.
The carven idol was of great Cthulhu.
Nessuno poteva dire se gli altri fossero come lui.
None could say whether the others were like him.
Ormai nessuno era più in grado di leggere la vecchia scrittura.
No one could read the old writing now.
Le notizie venivano invece tramandate oralmente.
Instead, things were told by word of mouth.
Il rituale recitato non era il segreto.
The chanted ritual was not the secret.

Il segreto non venne mai pronunciato ad alta voce, ma solo sussurrato.
The secret was never spoken aloud, only whispered.
Il canto significava una sola cosa, e una sola cosa soltanto:
The chant meant one thing, and one thing alone:
"Nella sua casa a R'lyeh, il morto Cthulhu attende sognando."
"In his house at R'lyeh dead Cthulhu waits dreaming."
Solo due dei prigionieri furono giudicati sufficientemente sani di mente da poter essere impiccati.
Only two of the prisoners were found sane enough to be hanged.
Gli altri erano impegnati presso varie istituzioni.
The rest of them were committed to various institutions.
Tutti hanno negato di aver preso parte agli omicidi rituali.
All denied to have taken any part in the ritual murders.
Hanno detto che l'omicidio era stato commesso da qualcos'altro.
They said the killing had been done by something else.
«Quelli dalle ali nere», insistettero entrambi, uno alla volta.
"The black-winged ones," they each insisted, separately.
Erano giunti da loro dal loro luogo di incontro millenario.
They had come to them from their immemorial meeting-place.
Erano emersi dai boschi infestati.
They had arisen out from the haunted woodlands.
Ma le storie di questi misteriosi alleati erano contraddittorie.
But the stories of mysterious allies were inconsistent.

***

Le informazioni che la polizia è riuscita a estorcere provenivano principalmente da un solo uomo.
What the police did extract came mainly from one man.
Un meticcio di età avanzata di nome Castro.
An immensely aged mestizo named Castro.
Sosteneva di aver navigato verso porti sconosciuti.
He claimed to have sailed to strange ports.

E disse di essere stato sulle montagne della Cina.

And he said he had been to the mountains of China.

Lì parlò con i leader immortali della setta.

There he talked with undying leaders of the cult.

Il vecchio Castro ricordava frammenti di orribili leggende.

Old Castro remembered bits of hideous legend.

Le sue leggende impallidivano di fronte alle speculazioni dei teosofi.

His legends paled the speculations of theosophists.

Le sue storie facevano apparire l'uomo come una creazione recente.

His stories made man seem like a recent creation.

Nella sua visione delle cose, persino il mondo era transitorio.

Even the world was transient in his account of things.

Ci sono stati eoni in cui altre Cose hanno regnato sulla Terra.

There had been eons when other Things ruled on the earth.

E qui sulla terra avevano avuto grandi città.

And they had had great cities here on the earth.

I cinesi immortali gli rivelarono segreti gelosamente custoditi.

The deathless Chinamen told him reserved secrets.

Gli aveva detto che le loro rovine erano ancora reperibili.

He had told him their ruins could still be found.

Sulle isole del Pacifico si trovavano ancora pietre ciclopiche.

There were still Cyclopean stones on islands in the Pacific.

Sono tutti morti moltissime epoche prima della comparsa dell'uomo.

They all died vast epochs of time before man came.

Ma nelle arti antiche esistevano conoscenze e pratiche.

But there were knowledges and practices in ancients arts.

Rituali speciali che, col tempo, potrebbero riportarli in vita.

Special rituals which could revive them again, in time.

Nel ciclo dell'eternità il loro ritorno era inevitabile.

In the cycle of eternity their return was inevitable.

Quando le stelle torneranno nelle posizioni giuste

When the stars come round again to the right positions

Essi, in effetti, provenivano essi stessi dalle stelle.
They had, indeed themselves come from the stars.
"Questi grandi vecchi", continuò Castro.
"These great old ones," Castro continued.
Non erano composti interamente di carne e sangue.
They were not composed entirely of flesh and blood.
«Avevano una forma», insistette Castro con sicurezza.
They had shape," Castro insisted, confidently.
E aveva delle strane prove a sostegno delle sue convinzioni.
And he had strange proof for what he believed.
Ma la forma che assunsero non era fatta di materia.
But the shape they took on was not made of matter.
Quando le stelle erano nella loro posizione corretta.
When the stars were in their right positions.
Poi avrebbero potuto precipitare da un mondo all'altro.
Then they could plunge from one world to another.
Perché sono in grado di muoversi autonomamente nel cielo.
Because they can move themselves through the sky.
Ma quando le stelle sbagliano, non possono vivere.
But when the stars were wrong, they cannot live.
Ed è vero che non vivono più come noi.
And it is true that they no longer live like we do.
Ma nonostante ciò, in realtà non muoiono mai.
But despite that, they never really die either.
Riposano in case di pietra nella loro grande città di R'lyeh.
They rest in stone houses in their great city of R'lyeh.
Sono preservati dagli incantesimi del potente Cthulhu.
They are preserved by the spells of mighty Cthulhu.
E così giacciono lì, inalterati dal trascorrere del tempo.
So there they lie, unaffected by the passing of time.
E attendono un'altra gloriosa resurrezione.
And they wait for another glorious resurrection.
Quando le stelle e la terra saranno di nuovo pronte ad accoglierli.
When the stars and earth are ready for them again.
Ma dipendono comunque da una forza esterna.
But they are still dependent on an outside force.

Una forza esterna servì a liberare i loro corpi.

A force from outside served to liberate their bodies.

Gli incantesimi li preservarono e li mantennero intatti.

The spells preserved them and kept them intact.

Ma gli incantesimi impedivano anche loro di liberarsi.

But the spells also kept them from breaking free.

Quindi non potevano far altro che rimanere svegli al buio a pensare.

So they could only lie awake in the dark and think.

***

Nel frattempo sono trascorsi innumerevoli milioni di anni.

In the meantime uncounted millions of years rolled by.

Erano a conoscenza di tutto ciò che accadeva nell'universo.

They knew all that was occurring in the universe.

Perché il loro modo di esprimersi era basato sulla trasmissione del pensiero.

Because their mode of speech was transmitted thought.

Anche adesso parlavano nelle loro tombe.

Even now they were talking in their tombs.

Poi, dopo infiniti periodi di caos, arrivarono i primi uomini.

Then, after infinities of chaos, the first men came.

I grandi maestri si rivolgevano ai più sensibili tra loro.

The great old ones spoke to the sensitive among them.

Parlavano con loro plasmando i loro sogni.

They spoke to them by molding their dreams.

Solo in questo modo il loro linguaggio poteva raggiungere le menti carnali dei mammiferi.

Only that way could their language reach the fleshly minds of mammals.

Poi, sussurrò Castro, quei primi uomini formarono la setta.

Then, whispered Castro, those first men formed the cult.

Si organizzarono attorno a piccoli idoli.

They organized themselves around small idols.

I piccoli idoli che i grandi avevano mostrato loro.

The small idols which the great ones had shown them.

Idoli provenienti da epoche oscure, da stelle tenebrose.
Idols brought from dim eras from dark stars.
Quel culto non sarebbe mai morto finché le stelle non si fossero allineate di nuovo.
That cult would never die till the stars came right again.
I sacerdoti segreti stavano per portare via il grande Cthulhu dalla Sua tomba.
The secret priests were going to take great Cthulhu from His tomb.
E avrebbero fatto rivivere i Suoi sudditi.
And they were going to revive His subjects.
E poi Cthulhu avrebbe ripreso il Suo dominio sulla Terra.
And then Cthulhu was going to resume His rule of earth.
Il momento giusto si sarebbe rivelato in modo piuttosto chiaro.
The right time was going to reveal itself quite clearly.
A quel tempo l'umanità sarà diventata come i grandi popoli antichi.
At that time mankind will have become as the great old ones.
Saranno liberi e selvaggi, al di là del bene e del male.
They will be free and wild and beyond good and evil.
Leggi e morale verranno accantonate.
Laws and morals are going to be thrown aside.
Tutti gli uomini grideranno, uccideranno e si abbandoneranno alla gioia.
All men will be shouting and killing and reveling in joy.
Poi gli anziani liberati insegneranno loro le nuove vie.
Then the liberated old ones will teach them the new ways.
Nuovi modi per gridare, uccidere, gioire e divertirsi.
New ways to shout and kill and revel and enjoy.
E tutta la terra sarà infiammata da un olocausto di estasi e libertà.
And all the earth will flame with a holocaust of ecstasy and freedom.
Nel frattempo, la setta doveva praticare i riti appropriati.
Meanwhile the cult had to practice the appropriate rites.

Dovevano mantenere viva la memoria di quelle antiche tradizioni.

They had to keep alive the memory of those ancient ways.

E dovettero prefigurare la profezia del loro ritorno.

And they had to shadow forth the prophecy of their return.

Nei tempi antichi, uomini eletti parlavano con gli Antichi sepolti.

In the elder time chosen men spoke with the entombed Old Ones.

Gli Antichi, sepolti nelle mura, parlarono loro in sogno.

The entombed Old Ones spoke to them in their dreams.

Ma poi qualcosa interruppe i loro mezzi di comunicazione.

But then something disturbed their means of communication.

La grande pietra della città di R'lyeh era sprofondata sotto le onde.

The great stone in the city R'lyeh had sunk beneath the waves.

E i monoliti e i sepolcri si trovavano sotto le acque.

And the monoliths and sepulchers were beneath the waters.

Acque profonde colme di un mistero primordiale.

Deep waters full of the one primal mystery.

Acque attraverso le quali neanche il pensiero può passare.

Waters through which not even thought can pass.

Acqua che ha interrotto la loro comunicazione spettrale.

Water that cut off their spectral communication.

Ma il ricordo dei riti e dei rituali non è mai morto.

But the memory of the rites and rituals never died.

E i sommi sacerdoti dissero che la città sarebbe risorta.

And high priests said that the city would rise again.

Quando le stelle si fossero allineate, Cthulhu sarebbe tornato.

When the stars were right Cthulhu was going to return.

Gli spiriti neri e ammuffiti della terra torneranno a farsi vivi.

The moldy black spirits of the earth will come out again.

Spiriti neri e oscuri, pieni di vaghe dicerie.

Shadowy black spirits full of dim rumors.

***

Gli spiriti si radunavano nelle caverne sotto fondali marini dimenticati.

The spirits collected in caverns beneath forgotten sea-bottoms.

Ma di quegli spiriti il vecchio Castro non osava parlare molto.

But of those spirits old Castro dared not speak much.

E si affrettò a cambiare argomento.

And he hurriedly cut himself off from the topic.

Nessuna persuasione, per quanto intensa, avrebbe potuto suscitare maggiori consensi in questa direzione.

No amount of persuasion could elicit more in this direction.

Nessuna sottigliezza riuscì a convincerlo a parlare di quegli spiriti.

No subtlety could convince him to speak of those spirits.

Curiosamente, si è anche rifiutato di menzionare le dimensioni di quelli vecchi.

The size of the old ones, too, he curiously declined to mention.

E del culto parlò molto poco anche lui.

And of the cult he spoke very little too.

Pensava che il centro si trovasse in mezzo ai deserti inesplorati dell'Arabia.

He thought the center lay amid the pathless deserts of Arabia.

Là, a Irem, la Città delle Colonne, sogni nascosti e intatti.

There in Irem, the City of Pillars, dreams hidden and untouched.

Questo culto non era imparentato con il culto delle streghe europeo.

This cult was not allied to the European witch-cult.

E la setta era praticamente sconosciuta al di fuori dei suoi membri.

And the cult was virtually unknown beyond its members.

Nessun libro aveva mai veramente accennato alla loro conoscenza.

No book had ever really hinted of their knowledge.

Sebbene gli immortali cinesi abbiano affermato che il folle arabo Abdul Alhazred ci sia andato vicino.
Though the deathless Chinamen said the mad Arab Abdul Alhazred came close.
Ha affermato che nel suo Necronomicon erano presenti doppi sensi.
He said that there were double meanings in his Necronomicon.
Gli iniziati erano liberi di leggerlo se lo desideravano.
The initiated were free to read it if they wanted to.
E dovrebbero prestare particolare attenzione a un distico.
And they should pay attention to one couplet in particular.
"Ciò che non è morto può dormire per l'eternità".
"That which is not dead can sleep for eternity,"
"E con strani eoni anche la morte può morire."
"And with strange eons even death may die."
Legrasse era rimasto profondamente colpito da ciò che aveva sentito.
Legrasse had been deeply impressed by what he heard.
E la storia lo lasciò non poco perplesso.
And he was not a little bewildered by the tale.
Ha chiesto invano informazioni sui legami storici del culto.
He inquired in vain about the historic affiliations of the cult.
Castro, a quanto pare, aveva detto la verità riguardo al giuramento di segretezza.
Castro, apparently, had told the truth about the oath of secrecy.
Nemmeno le autorità della Tulane University sono state in grado di offrire un grande aiuto.
The authorities at Tulane University could not offer much help either.
Non sono stati in grado di far luce né sul culto, né sull'immagine.
The were not able to shed no light upon neither cult, nor the image.
E ora il detective si era rivolto alle più alte autorità del paese.

And now the detective had come to the highest authorities in the country.
E udì proprio il racconto del professor Webb in Groenlandia.
And he heard none other than Professor Webb' tale in Greenland.

***

Il racconto di Legrasse suscitò un interesse febbrile durante la riunione.
Legrasse's tale aroused feverish interest at the meeting.
La storia era significativa non solo per le sue implicazioni.
The story was not only significant in its implications.
Ma la storia è stata confermata anche dalla statuetta.
But the story was also corroborated by the statuette.
L'entusiasmo si rifletté nella successiva corrispondenza.
The excitement echoed in the subsequent correspondence.
I partecipanti sono rimasti in stretto contatto tra loro.
Those who attended stayed in close contact with each other.
Sebbene se ne parli poco nelle pubblicazioni ufficiali.
Although scant mention occurs in the formal publications.
La prudenza è la prima preoccupazione di chi è abituato alla ciarlataneria.
Caution is the first care of those accustomed to charlatanry.
Le imposizioni vengono tenute lontane il più possibile.
Impostures are kept out as much as it is possible.
Per un certo periodo Legrasse prestò l'immagine al professor Webb.
Legrasse for some time lent the image to Professor Webb.
Ma alla morte di quest'ultimo, l'immagine gli fu restituita.
But at the latter's death the image was returned to him.
E l'immagine rimane in possesso di Legrasse.
And the image remains in Legrasse's possession.
È qui che ho visto quella terribile immagine non molto tempo fa.
This is where I viewed the terrible image not long ago.

L'immagine è inconfondibilmente simile alle sculture oniriche di Wilcox.

The image is unmistakably akin to Wilcox' dream-sculpture.

Non c'era da stupirsi che mio zio fosse così entusiasta del suo racconto.

It was no wonder my uncle was so excited by his tale.

E non mi sorprende che abbia fatto tutti quegli sforzi.

And I'm not surprised he made the efforts he made.

Aveva sentito tutto quello che Legrasse sapeva della setta.

He had heard everything Legrasse knew of the cult.

E gli strani sogni settari di un giovane sensibile.

And the strange cultish dreams of a sensitive young man.

Il bassorilievo è identico a quello della palude.

The bas-relief just like the one from the swamp.

L'aggiunta della tavoletta del diavolo in Groenlandia.

The addition of the devil tablet in Greenland.

Le stesse identiche parole sono state usate in tre occasioni distinte.

The exact same words used in three remote occurrences.

I diabolisti eschimesi, i meticci della Louisiana, e poi Wilcox.

The Eskimo diabolists, the mongrels in Louisiana, and then Wilcox.

A quale altra conclusione si sarebbe potuto giungere?

What other conclusion could one possibly have come to?

È del tutto naturale che il professor Angel sia giunto a questa conclusione.

It's only natural Professor Angel pursued this conclusion.

E non mi sarei aspettato che fosse meno scrupoloso.

And I wouldn't have expected him to be less thorough.

Il mio prozio era un uomo di rigoroso rigore accademico e di sani principi.

My great-uncle was a man of principled academic rigor.

Anche se in privato avevo anche altre teorie plausibili.

Though privately I also had other plausible theories.

Sospettavo che il giovane Wilcox avesse sentito parlare della setta.

I suspected young Wilcox of having heard of the cult.
Forse aveva sentito parlare della setta in modo indiretto.
Maybe he had heard of the cult in some indirect way.
Avrebbe potuto benissimo inventarsi una serie di sogni.
He could easily have invented a series of dreams.
In questo modo poteva accrescere e alimentare il mistero.
That way he could heighten and continue the mystery.
Le narrazioni oniriche e i ritagli di giornale raccolti, naturalmente, confermavano questa ipotesi.
The dream-narratives and cuttings collected did of course corroborate.
Ma il razionalismo della mia mente non era ancora stato soddisfatto.
But the rationalism of my mind had not yet been satisfied.
Anche le coincidenze possono dare vita a illusioni estremamente credibili.
Coincidences can form highly believable illusions too.
E dobbiamo tenere presente l'eccessiva stravaganza dell'intera questione.
And we have to bear in mind the extravagance of the whole subject.
Sono quindi giunto a quelle che ritenevo le conclusioni più sensate.
So I was led to adopt what I thought the most sensible conclusions.
Ho studiato a fondo il manoscritto fin dall'inizio.
I thoroughly studied the manuscript from the beginning.
E ho messo in relazione gli spunti teosofici e antropologici.
And I correlated the theosophical and anthropological notes.
Ho confrontato la letteratura con la narrazione di culto di Legrasse.
I compared the literature with the cult narrative of Legrasse.
Ho fatto un viaggio a Providence per vedere lo scultore.
I made a trip to Providence to see the sculptor.
E avevo intenzione di dargli il rimprovero che ritenevo opportuno.
And I intended to give him the rebuke I thought proper.

Pensavo che ci dovessero essere delle conseguenze per lo scherzo che aveva fatto.

There must be consequences, I felt, for the trick he played.

Si era imposto con audacia su un uomo colto e anziano.

He had boldly imposed himself upon a learned and aged man.

***

Wilcox viveva ancora da solo nel luogo in cui mio zio lo aveva conosciuto.

Wilcox still lived alone where my uncle had met him.

Nell'edificio Fleur-de-Lys in Thomas Street.

In the Fleur-de-Lys Building in Thomas Street.

Una orribile imitazione vittoriana dell'architettura bretone del XVII secolo.

A hideous Victorian imitation of Seventeenth Century Breton architecture.

L'edificio ostentava la sua facciata intonacata in mezzo al paesaggio circostante.

The building flaunted its stuccoed front amidst its surroundings.

Sulla vecchia collina sorgevano delle splendide case in stile coloniale.

There were lovely Colonial houses on the ancient hill.

E la casa sorgeva all'ombra del campanile georgiano più bello d'America.

And the house stood under the shadow of the finest Georgian steeple in America.

Lo trovai al lavoro nelle sue stanze, tra le sue sculture.

I found him at work in his rooms, among his sculptures.

Gli esemplari sparsi provenivano da una mente davvero singolare.

The specimens scattered came from a very unique mind.

Ho subito ammesso che il suo genio è davvero profondo e autentico.

At once I conceded that his genius is indeed profound and authentic.

Ha cristallizzato nell'argilla ciò che Arthur Machen evoca nella prosa.

He has crystallized in clay that which Arthur Machen evokes in prose.

Ha riprodotto nel marmo gli incubi che Clark Ashton Smith aveva immortalato su tela.

He mirrored in marble the nightmares Clark Ashton Smith put to canvas.

Credo che un giorno verrà ricordato come uno dei grandi decadenti.

He will, I believe, be spoken of one day as one of the great decadents.

Era scuro di carnagione, fragile e dall'aspetto un po' trasandato.

He was dark, frail, and somewhat unkempt in aspect.

Si voltò svogliatamente al mio bussare alla porta.

He turned languidly at my knock on his door.

Non si alzò dal suo posto quando entrai.

He didn't rise from his seat when I came in.

E mi ha chiesto quale fosse lo scopo della mia visita.

And he asked me what the purpose of my visit was.

Quando gli ho detto chi ero, la sua curiosità si è accesa.

When I told him who I was his interest was piqued.

Mio zio aveva stuzzicato la sua curiosità indagando sui suoi strani sogni.

My uncle had excited his curiosity by probing his strange dreams.

Sebbene non avesse mai spiegato il motivo dello studio.

Although he had never explained the reason for the study.

Non ho ampliato le sue conoscenze in questo ambito.

I did not enlarge his knowledge in this regard.

Ma cercai, con una certa delicatezza, di guadagnarmi la sua fiducia.

But I sought with some subtlety to gain his confidence.

In breve tempo mi convinsi della sua assoluta sincerità.

In a short time I became convinced of his absolute sincerity.

Parlava dei sogni in un modo che nessuno avrebbe potuto fraintendere.

He spoke of the dreams in a manner none could mistake.

I residui subconsci dei suoi sogni avevano influenzato profondamente la sua arte.

His dreams' subconscious residuum had influenced his art profoundly.

Mi mostrò una statua macabra come non ne avevo mai viste prima.

He showed me a morbid statue of the likes I had never seen before.

I contorni della statua mi fecero quasi tremare di paura.

The statue's contours almost made me shake with fear.

La potenza del richiamo oscuro della statua era schiacciante.

The potency of the statue's black suggestion was overbearing.

Non ricordava di aver mai visto l'originale di quell'oggetto.

He could not recall having seen the original of this thing.

Ma la statua fu ispirata da un suo bassorilievo onirico.

But the statue was inspired by his own dream bas-relief.

I contorni si erano formati impercettibilmente sotto le sue mani.

The outlines had formed themselves insensibly under his hands.

Si trattava, senza dubbio, della gigantesca figura di cui aveva parlato in preda al delirio.

It was, no doubt, the giant shape he had raved of in delirium.

Che in realtà non sapeva nulla della setta nascosta, lo chiarì ben presto.

That he really knew nothing of the hidden cult he soon made clear.

Solo l'implacabile catechismo di mio zio gli aveva dato qualche indizio,

Only my uncle's relentless catechism had given him some clues.

E ancora una volta mi sono sforzato di confutare le conclusioni ovvie.

And again I strove to explain the obvious conclusions away.

Come ha potuto ricevere delle impressioni così strane?
How he could possibly have received the weird impressions?
Parlava dei suoi sogni in un modo stranamente poetico.
He talked of his dreams in a strangely poetic fashion.
Mi ha fatto vedere con terribile vividezza i panorami del suo sogno.
He made me see with terrible vividness the vistas of his dream.
La città ciclopica umida, fatta di viscida pietra verde.
The damp Cyclopean city of slimy green stone.
La geometria che disse, in modo alquanto strano, era completamente sbagliata.
The geometry he oddly said, was all wrong.
E parlò di ciò che aveva udito con trepidante attesa.
And he spoke of what he heard with frightened expectancy.
Il richiamo incessante, quasi folle, proveniente dal sottosuolo:
The ceaseless, half-mental calling from underground:
"Cthulhu fhtagn... Cthulhu fhtagn"
"Cthulhu fhtagn... Cthulhu fhtagn"
Quelle parole avevano fatto parte di quel temuto rituale.
These words had formed part of that dreaded ritual.
Il rituale narrava della veglia onirica del defunto Cthulhu.
The ritual the told of dead Cthulhu's dream-vigil.
Il rituale che narrava della sua cripta di pietra a R'lyeh.
The ritual that told of his stone vault at R'lyeh.
E mi sono sentito profondamente commosso, nonostante le mie convinzioni razionali.
And I felt deeply moved, despite my rational beliefs.
Ero certo che Wilcox avesse sentito parlare della setta in qualche modo casuale.
Wilcox, I was sure, had heard of the cult in some casual way.
Ha trascorso il suo tempo immerso in una montagna di letteratura altrettanto bizzarra.
He spent his time in a mass of equally weird literature.
Deve aver dimenticato la fonte della sua conoscenza.
He must have forgotten the source of his knowledge.

In seguito, la setta trovò espressione subconscia nei suoi sogni.

Later the cult had found subconscious expression in his dreams.

Ma questo è naturale quando le storie sono così avvincenti.

But this is natural when stories are so impressive.

Infine, le idee della setta si manifestarono nel bassorilievo.

Finally the cult's ideas manifested themselves in the bas-relief.

E ora il soggetto del culto si manifestò nella terribile statua.

And now the subject of the cult manifested itself in the terrible statue.

Ero convinto che il suo inganno ai danni di mio zio fosse stato del tutto innocente.

I was convinced his imposture upon my uncle had been very innocent.

Era sia leggermente affettato che leggermente maleducato.

He both slightly affected, and slightly ill-mannered.

Aveva un carattere che non mi è mai piaciuto.

He had a disposition which I could never like.

Ma ormai ero abbastanza disposto ad ammettere il suo genio.

But I was willing enough now to admit his genius.

E non ho modo di mettere in dubbio la sua onestà.

And I have no way of denying his honesty either.

Nonostante le mie sensazioni iniziali, mi sono congedato da lui amichevolmente.

Despite my initial feelings, I took leave of him amicably.

E gli auguro tutto il successo che il suo talento promette.

And I wish him all the success his talent promises.

****

La questione della setta continuava ad affascinarmi.

The matter of the cult continued to fascinate me.

A volte mi venivano in mente immagini della fama personale che avrei potuto raggiungere.

At times I had visions of the personal fame I could attain.

Ho visitato New Orleans e ho parlato con Legrasse.

I visited New Orleans and talked with Legrasse.

E ho parlato con altri poliziotti che avevano partecipato al blitz nella palude.

And I spoke with other policemen of that swamp raid.

Ho visto quell'immagine spaventosa con i miei stessi occhi.

I saw the frightful image with my own eyes.

E ho persino interrogato alcuni dei prigionieri meticci sopravvissuti.

And I even questioned some of the surviving mongrel prisoners.

Il vecchio Castro, purtroppo, era morto già da qualche anno.

Old Castro, unfortunately, had been dead for some years.

Ciò che ho sentito in prima persona, in modo così vivido e dettagliato, mi ha emozionato di nuovo.

What I now heard so graphically at first hand excited me afresh.

Sebbene in realtà non fosse altro che una conferma dettagliata.

Though it was really no more than a detailed confirmation.

Quello che mi hanno detto l'avevo già letto negli appunti di mio zio.

What they told me I had already read in my uncle's notes.

Ero certo di essere sulle tracce di un segreto molto reale.

I felt sure that I was on the track of a very real secret.

Ero certo che avrei scoperto una religione antichissima.

And I was sure I was going to discover a very ancient religion.

Questa scoperta mi renderebbe un antropologo di spicco.

The discovery would make me an anthropologist of note.

Il mio atteggiamento rimaneva quello di un materialismo razionale assoluto.

My attitude was still one of absolute rational materialism.

E mi dispiace che il mio atteggiamento nei confronti dell'argomento sia cambiato.

And I wish my attitude to the subject matter had not changed.

Ho ignorato le coincidenze con una perversità quasi inspiegabile.

I discounted with almost inexplicable perversity the coincidences.

Appunti sui sogni e ritagli di giornale raccolti dal professor Angell.

The dream notes and odd cuttings collected by Professor Angell.

Una cosa di cui cominciai a dubitare fu la causa della morte di mio zio.

One thing I began to doubt was the cause of my uncle's death.

Ho iniziato a sospettare che la sua morte non fosse affatto naturale.

I began to suspect his death was far from natural.

E ora temo di aver capito che la morte di mio zio non è stata naturale.

And I now fear I know my uncle's death was not natural.

È caduto su una stretta strada in salita.

It was on a narrow hill street where he fell.

La strada saliva dall'antico lungomare.

The street lead up from the ancient waterfront.

La città portuale pullula di meticci stranieri.

The port-town swarms with foreign mongrels.

Cadde in seguito a una spinta incauta da parte di un marinaio di colore.

He fell after a careless push from a negro sailor.

Non avevo dimenticato le origini miste dei membri della setta in Louisiana.

I had not forgotten the mixed blood of the cult-members in Louisiana.

Non mi ero dimenticato dei marinai nell'orgia voodoo.

I had not forgotten the sailors in the voodoo orgy.

E non mi sorprenderei se scoprissi che possiedono anche altre conoscenze.

And would not be surprised to learn that they had other knowledge too.

Metodi segreti noti fin dall'antichità come riti criptici.

Secret methods as anciently known as the cryptic rites.

**Aghi avvelenati tanto spietati quanto le loro credenze
demoniache.**
Poison needles as ruthless their demonic beliefs.
È vero, Legrasse e i suoi uomini sono stati lasciati in pace.
Legrasse and his men, it is true, have been let alone.
**Ma in Norvegia un certo marinaio che aveva visto certe cose
è morto.**
But in Norway a certain seaman who saw things is dead.
**Possibile che orecchie indiscrete abbiano percepito
l'interesse di mio zio per lo scultore?**
Might not sinister ears have picked up my uncle's interest in
the sculptor?
**Forse le indagini più approfondite di mio zio non avrebbero
potuto attirare l'attenzione di qualcuno?**
Might not the deeper inquiries of my uncle have drawn
someone's attention?
**Penso che il professor Angell sia morto perché sapeva
troppo.**
I think Professor Angell died because he knew too much.
Oppure è morto perché rischiava di imparare troppo.
Or he died because he was likely to learn too much.
Se anch'io seguirò le sue orme, resta da vedere.
Whether I shall go out as he did remains to be seen.
Perché anch'io ho imparato molto su Cthulhu.
Because I too have learned much about Cthulhu.

La follia dal mare
The Madness from the Sea

C'è un grande dono che il cielo potrebbe concedermi.
There is one great boon heaven could grant me.
La totale cancellazione dei risultati di una semplice coincidenza.
The total effacing of the results of a mere chance.
Vorrei non aver mai visto quel pezzo di carta abbandonato.
I wish I had never seen that stray piece of paper.
La mia routine quotidiana normalmente non mi avrebbe portato lì.
My daily routine would normally not have taken me there.
In qualsiasi altro giorno non avrei notato nulla.
On any other day I would not have noticed anything.
Si trattava di un vecchio numero di una rivista australiana.
It was an old number of an Australian journal.
Il Sydney Bulletin del 18 aprile 1925
The Sydney Bulletin for April 18, 1925
Il documento era addirittura sfuggito al controllo del reparto di taglio.
The paper had even slipped past the cutting bureau.
Avevo in gran parte delegato le mie ricerche a un amico.
I had largely given over my inquiries to a friend.
Si era assunto la maggior parte del lavoro di ricerca.
He had taken on the work of most of the research.
Aveva iniziato a chiamare il gruppo "Culto di Cthulhu".
He had come to refer to the group as the "Cthulhu Cult".
Ero in visita al mio stimato amico di Paterson, nel New Jersey.
I was visiting my learned friend of Paterson, New Jersey.
Il curatore di un museo locale e un mineralogista di fama.
The curator of a local museum, and a mineralogist of note.
Durante la mia visita al suo museo ho avuto accesso agli esemplari riservati.
While at his museum I had access to the reserved specimens.

Ed è stato allora che una strana immagine ha attirato la mia attenzione.
And this is when an odd picture caught my attention.
Sotto una delle pietre si trovava il Sydney Bulletin di cui ho parlato.
Beneath one of the stones was the Sydney Bulletin I mentioned.
Il mio amico ha una vasta rete di contatti in tutti i paesi stranieri immaginabili.
My friend has wide affiliations in all conceivable foreign lands.
L'immagine era una mezzatinta di un'orribile scultura in pietra.
The picture was a half-tone cut of a hideous stone image.
Quasi identica alla pietra che Legrasse aveva trovato nella palude.
Almost identical with the stone Legrasse had found in the swamp.
Ho letto con avidità l'articolo per il suo prezioso contenuto.
Eagerly I read the article for its precious contents.
Sono rimasto deluso nello scoprire che si trattava solo di un breve articolo.
But I was disappointed to find that it was just a short article.
Sebbene brevi, le informazioni erano di fondamentale importanza.
Although brief, the information was of portentous significance.

"MISTERO NAVE ABBANDONATA RITROVATA IN MARE"
"MYSTERY DERELICT FOUND AT SEA"
Un vigilante arriva con a bordo uno yacht neozelandese armato e inerme al seguito.
Vigilant Arrives With Helpless Armed New Zealand Yacht in Tow.
A bordo è stato trovato un sopravvissuto e un uomo morto.
One Survivor and one Dead Man Found Aboard.

Storia di una battaglia disperata e di morti in mare.

Tale of Desperate Battle and Deaths at Sea.

Il marinaio tratto in salvo si rifiuta di fornire dettagli sulla strana esperienza.

Rescued Seaman Refuses Particulars of Strange Experience.

È stato ritrovato uno strano idolo in suo possesso, seguirà un'inchiesta.

Odd Idol Found in His Possession, Inquiry to Follow.

Lo yacht Alert di Dunedin, Nuova Zelanda, era stato reso inutilizzabile in battaglia.

The Alert of Dunedin yacht, N.Z., had been disabled in battle.

Precedentemente la nave era partita da Valparaíso il 25 marzo.

Previously the ship had left from Valparaiso on March 25th.

Il 2 aprile la nave fu spinta considerevolmente a sud della sua rotta.

On April 2nd the ship was driven considerably south of her course.

Tempeste eccezionalmente violente avevano costretto la nave a cambiare rotta.

Exceptionally heavy storms had redirected the ship.

Onde mostruose costrinsero la nave a cambiare rotta.

Monster waves forced the ship to take a different route.

Il 12 aprile la nave è stata avvistata da un'altra imbarcazione.

On April 12th the ship was sighted by another ship.

Latitudine 34° 21', Longitudine 152° 17'

Latitude 34° 21', Longitude 152° 17'

Inizialmente pensarono che la nave fosse stata abbandonata.

Initially they thought the ship had been deserted.

Ma a bordo era stato trovato un uomo ancora vivo.

But one still living man had been found on board.

L'unico sopravvissuto si trovava in uno stato di semidelirio.

This lone survivor was in a half-delirious condition.

L'unica altra vittima ritrovata era un uomo già deceduto da una settimana.

The only other victim found was a man already dead a week.

Ora lo yacht a vapore, pesantemente armato, veniva rimorchiato.

Now the heavily armed steam yacht was being towed.

E stamattina la nave stava arrivando al molo.

And this morning the ship was coming in to its wharf.

L'uomo ancora in vita stringeva tra le mani un orribile idolo di pietra.

The living man was clutching a horrible stone idol.

L'idolo di pietra era alto circa trenta centimetri.

The stone idol was about a foot in height.

E le origini della pietra erano completamente sconosciute.

And the origins of the stone were completely unknown.

Le autorità dell'università di Sydney erano perplesse.

Authorities at Sydney university were baffled.

La Royal Society non è stata in grado di fornire informazioni sull'idolo.

The Royal Society couldn't offer information about the idol.

E nemmeno il museo di College Street ha fornito spunti interessanti.

And the Museum in College street had no insights either.

Il sopravvissuto afferma di aver trovato la pietra nella cabina dello yacht.

The survivor says he found the stone in the cabin of the yacht.

Si dice che l'idolo si trovasse in un piccolo santuario intagliato.

Allegedly the idol was in a small carved shrine.

Le sculture del santuario presentavano uno schema comune.

And the carvings of the shrine were of common pattern.

Quest'uomo alla fine riprese i sensi.

This man eventually recovered back to his senses.

E raccontò una storia estremamente bizzarra di pirateria e massacro.

And he told an exceedingly strange story of piracy and slaughter.

Si chiama Gustaf Johansen, è un norvegese piuttosto intelligente.

He is Gustaf Johansen, a Norwegian of some intelligence.

Ed era stato secondo ufficiale della goletta a due alberi
Emma di Auckland.

And he had been second mate of the two-masted schooner
Emma of Auckland.

La nave salpò per Callao il 20 febbraio, con un equipaggio di
undici marinai.

The ship sailed for Callao February 20th, manned by eleven
sailors.

La nave, dice, subì un ritardo e venne deviata notevolmente
a sud dalla sua rotta.

The ship, he says, was delayed and thrown widely south of
her course.

Ci fu una grande tempesta il 1° marzo e il 22 marzo.

There was a great storm on March 1st, and on March 22nd.

Durante il loro viaggio incontrarono un'altra nave.

On their journey they encountered another ship.

Questo si trovava alle coordinate S. Latitude 49° 51′, W.
Longitude 128° 34′

This was in S. Latitude 49° 51′, W. Longitude 128° 34′

Questa nave era gestita da un equipaggio strano e
dall'aspetto malvagio.

This ship was manned by a queer and evil-looking crew.

Tutti gli uomini erano di etnia Kanaka e meticci.

All the men were of Kanakas and half-castes.

Nonostante l'ordine perentorio di tornare indietro, il
capitano Collins si rifiutò.

Being ordered peremptorily to turn back, Capt. Collins
refused.

Senza alcun preavviso, lo strano equipaggio iniziò a sparare
selvaggiamente contro la goletta.

Without warning the strange crew began to shoot savagely
upon the schooner.

Hanno sparato con una batteria di cannoni di ottone
insolitamente pesante.

They shot a peculiarly heavy battery of brass cannon.

Gli uomini della sua nave hanno dimostrato grande spirito
combattivo, racconta il sopravvissuto.

The men from his ship showed fighting spirit, says the survivor.

La goletta iniziò ad affondare a causa dei colpi provenienti da sotto la linea di galleggiamento.

The schooner began to sink from shots beneath the waterline.

Ma riuscirono ad affiancare la nave nemica e ad abbordarla.

But they managed to heave alongside their enemy boat, and board her.

Si scontrarono con l'equipaggio selvaggio sul ponte dello yacht.

They grappled with the savage crew on the yacht's deck.

Il loro modo di combattere sembrava stranamente goffo.

Their mode of fighting seemed to be strangely clumsy.

Ma la sconfitta non sembrava essere un'opzione per questi uomini selvaggi.

But defeat did not seem to be an option for these savage men.

Avevano un modo di combattere particolarmente aberrante e disperato.

They had a particularly abhorrent and desperate way of fighting.

Non ebbero quindi altra scelta che uccidere tutti gli uomini della nave nemica.

So they had no choice but to kill all men of the enemy ship.

Anche tre dei loro uomini sono rimasti uccisi nello scontro.

Three of their men were also killed in the fight.

Il capitano Collins e il primo ufficiale Green erano tra i morti.

Capt. Collins and First Mate Green were among the dead.

Il secondo ufficiale Johansen ha assunto il comando dal primo ufficiale Green.

Second Mate Johansen took over control from First Mate Green.

Gli otto uomini rimasti si misero quindi alla guida dello yacht catturato.

And the remaining eight men proceeded to navigate the captured yacht.

**Proseguirono quindi nella direzione originaria in cui
stavano andando.**

They proceeded to continue in the original direction they were
going.

**Per verificare se ci fosse stato un motivo valido per l'ordine
di tornare indietro.**

To see if there had been any reason they were ordered to turn
around.

***

**Il giorno successivo, a quanto pare, sbarcarono su una
piccola isola.**

The next day, it appears, they landed on a small island.

**Sebbene non si conosca l'esistenza di alcuna isola in quella
parte dell'oceano.**

Although no island is known to exist in that part of the ocean.

**Sei degli uomini morirono in circostanze misteriose una
volta giunti a riva sull'isola.**

Six of the men somehow died ashore while on the island.

**Sebbene Johansen sia stranamente reticente su questa parte
della sua storia.**

Though Johansen is queerly reticent about this part of his
story.

E parla solo della loro caduta in un burrone roccioso.

And he speaks only of their falling into a rock chasm.

**Successivamente, a quanto pare, lui e un compagno sono
saliti a bordo dello yacht.**

Later, it seems, he and one companion boarded the yacht.

**Insieme, con un equipaggio insufficiente, tentarono di
condurre la nave.**

Together they tried to sail the ship, undermanned.

Ma furono travolti dalla tempesta del 2 aprile.

But they were beaten about by the storm of April 2nd.

**Da quel momento fino al suo salvataggio, avvenuto il 12,
l'uomo ricorda ben poco.**

From that time till his rescue on the 12th, the man remembers little.

E non ricorda nemmeno quando morì William Briden, il suo compagno.

And he does not even recall when William Briden, his companion, died.

L'autopsia non ha rivelato alcuna causa evidente della morte di Briden.

Autopsy could reveal no obvious cause to Briden's death.

La causa di morte più probabile è l'esposizione agli agenti atmosferici.

The most likely cause of death is exposure to the elements.

Il Dunedin riferì che la sua imbarcazione, l'Alert, era molto conosciuta.

The Dunedin reported that their boat, the Alert, was well known.

I commercianti dell'isola godevano di una pessima reputazione lungo il lungomare.

The island traders bore an evil reputation along the waterfront.

La nave era di proprietà di uno strano gruppo di meticci.

The ship was owned by a curious group of half-castes.

I frequenti incontri e le gite notturne nei boschi suscitarono curiosità.

Frequent meetings and night trips to the woods attracted curiosity.

La nave era salpata in tutta fretta il 1° marzo.

The ship had set sail in great haste on March 1st.

Subito dopo la tempesta, e le scosse di terremoto di quella notte.

Just after the storm, and the earth tremors that night.

Il nostro corrispondente di Auckland attribuisce a Emma un'ottima reputazione.

Our Auckland correspondent gives the Emma excellent reputation.

L'equipaggio della Emma era tenuto in altissima considerazione.

The Crew from the Emma were held very in high regard.
Johansen viene descritto come un uomo sobrio e di valore.
And Johansen is described as a sober and worthy man.
L'ammiragliato avvierà un'inchiesta sull'intera vicenda.
The admiralty will institute an inquiry on the whole matter.
A partire da domani inizieranno a raccogliere tutte le informazioni pertinenti.
Starting tomorrow they will collect all relevant information.
Si farà tutto il possibile per indurre Johansen a parlare.
Every effort will be made to induce Johansen to speak.
Queste e l'immagine infernale erano le uniche informazioni di cui disponevo.
This and the hellish image were all the information I had to go on.
Ma quante idee mi ha scatenato quella piccola informazione!
But what a train of ideas that little information started in my mind!
Qui si trovavano nuove fonti di dati sul culto di Cthulhu.
Here were new treasuries of data on the Cthulhu Cult.
La setta non aveva interessi solo sulla terra.
The cult not only had interests on land.
Ora c'erano prove che avevano anche legami con il mare.
Now there was evidence they also had connections to the sea.
Quale motivazione ha spinto l'equipaggio ibrido a richiedere il ritorno dell'Emma?
What motive prompted the hybrid crew to order back the Emma?
Perché navigavano con il loro orribile idolo?
Why did they sail about with their hideous idol?
Qual era l'isola sconosciuta sulla quale erano morti sei membri dell'equipaggio dell'Emma?
What was the unknown island on which six of the Emma's crew had died?
E perché Johansen era così reticente riguardo alla loro morte?
And why was Johansen so secretive about their death?
Che cosa aveva rivelato l'indagine della viceammiragliato?

What had the vice-admiralty's investigation brought out?

E cosa si sapeva di quella nefasta setta a Dunedin?

And what was known of the noxious cult in Dunedin?

Non si poteva fare a meno di meravigliarsi della tempistica degli eventi.

Nor could one help but marvel at the timing of the events.

Tra le date esisteva un legame profondo e più che naturale.

There was a deep and more than natural linkage between the dates.

Un significato nefasto e ormai innegabile per i vari sviluppi degli eventi.

A malign and now undeniable significance to the various turns of events.

***

Mio zio aveva annotato con grande attenzione gli eventi che li avevano collegati.

My uncle had noted with great care the connecting events.

Il 1° marzo arrivarono il terremoto e la tempesta.

On March 1st the earthquake and storm had come.

28 febbraio, secondo la Linea Internazionale del Cambio di Data.

February 28th, according to the International Date Line.

Da Dunedin, il chiassoso equipaggio dell'Alert si lanciò impazientemente in avanti.

From Dunedin the noisome crew of the Alert darted eagerly forth.

Si muovevano come se fossero stati convocati con tono imperioso.

They moved as if they had been imperiously summoned.

Dall'altra parte del mondo si sono svolti altri eventi.

On the other side of the earth the other events unfolded.

Poeti e artisti avevano cominciato ad avere sogni strani.

Poets and artists had begun to have their strange dreams.

Sogni di un'umida città ciclopica di tempi lontani.

Dreams of a dank Cyclopean city from times long gone.

Anche un giovane scultore fu persuaso da questi sogni.
A young sculptor was persuaded by these dreams too.
Nel sonno plasmò la forma del temuto Cthulhu.
In his sleep he molded the form of the dreaded Cthulhu.
Il 23 marzo l'equipaggio della Emma sbarcò su un'isola sconosciuta.
On March 23rd the crew of the Emma landed on an unknown island.
Lì, su quell'isola, lasciarono sei uomini morti.
There on that island they left six men dead.
In quella data i sogni degli uomini sensibili assunsero una vividezza accentuata.
On that date the dreams of sensitive men assumed a heightened vividness.
I loro sogni si oscurarono per il terrore della persecuzione maligna di un mostro gigante.
Their dreams darkened with dread of a giant monster's malign pursuit.
Quella notte un architetto impazzì a causa dei suoi sogni.
One architect went mad from his dreams that night.
E uno scultore era improvvisamente caduto in delirio!
And a sculptor had lapsed suddenly into delirium!
E poi ci fu la tempesta del 2 aprile.
And then there was the storm of April 2nd.
La data in cui cessarono tutti i sogni della città umida.
The date on which all dreams of the dank city ceased.
Wilcox uscì illeso dalla morsa di una strana febbre.
Wilcox emerged unharmed from the bondage of strange fever.
E tutto sembrò tornare alla normalità.
And everything appeared to be normal again.
Ma che dire dei suggerimenti che il vecchio Castro aveva dato?
But what about the hints old Castro had suggested?
Che dire di quelli antichi, affondati e nati dalle stelle?
What about the sunken, star-born old ones?
Che dire del loro promesso ritorno e del regno che verrà?
What about their promised return and coming reign?

Che dire del loro culto fedele e della loro maestria nel
manipolare i sogni?

What about their faithful cult and their mastery of dreams?

Stavo forse vacillando sull'orlo di orrori cosmici?

Was I tottering on the brink of cosmic horrors?

Orrori cosmici che vanno ben oltre la capacità di
sopportazione umana?

Cosmic horrors far beyond man's power to bear?

Se così fosse, si tratterebbe di orrori che esistono solo nella
mente.

If so, they must be horrors of the mind alone.

Il 2 aprile si verificò improvvisamente una calma coordinata.

On the second of April there was sudden coordinated calm.

La mostruosa minaccia che assediava l'anima dell'umanità
era svanita.

The monstrous menace that sieged mankind's soul had
vanished.

Quella sera presi tutti i provvedimenti necessari per il
proseguimento del viaggio.

That evening I made all necessary arrangements for onwards
travel.

Ho salutato il mio ospite e ho preso un treno per San
Francisco.

I bade my host adieu and took a train for San Francisco.

***

In meno di un mese ero al porto di Dunedin.

In less than a month I was at the port of Dunedin.

Qui, tuttavia, la mia indagine ha incontrato un piccolo
intoppo.

Here, however, my investigation stumbled slightly.

Ho chiesto informazioni nelle vecchie taverne di mare dove
quegli uomini si erano attardati.

I inquired in the old sea taverns where the men had lingered.

Ma si sapeva ben poco degli strani membri della setta.

But little was known of the strange cult members.

La feccia che si aggirava nei pressi del porto era fin troppo comune per meritare una menzione speciale.

Waterfront scum was far too common for special mention.

Ma si parlava vagamente di un viaggio nell'entroterra che questi cani meticci avevano fatto.

But there was vague talk about one inland trip these mongrels had made.

Sulle colline in lontananza si udirono deboli tamburelli e fiamme rosse.

Faint drumming and red flames were noted on the distant hills.

Ad Auckland ho appreso solo qualche informazione in più su Johansen.

In Auckland I learned only a little more of Johansen.

Era stato portato a Sydney per le indagini.

He had been taken to Sydney for the investigation.

Un interrogatorio superficiale e inconcludente gli fece diventare i capelli bianchi.

A perfunctory and inconclusive questioning turned his hair white.

In seguito vendette il suo cottage in West Street.

Thereafter he sold his cottage in West Street.

E salpò con la moglie per tornare nella sua vecchia casa a Oslo.

And he sailed with his wife to his old home in Oslo.

La sua esperienza lo aveva chiaramente scosso profondamente.

His experience had clearly stirred him deeply.

Ma non rivelò ai suoi amici più di quanto avesse già detto ai funzionari dell'ammiragliato.

But he told his friends no more than he had told the admiralty officials.

E tutto quello che sono riusciti a fare è stato darmi il suo indirizzo di Oslo.

And all they could do was to give me his Oslo address.

Dopodiché andai a Sydney e parlai, senza alcun risultato, con dei marinai.

After that I went to Sydney and talked profitlessly with
seamen.
**Neanche i membri della corte dell'ammiragliato sono stati in
grado di chiarirmi la situazione.**
Members of the vice-admiralty court could not enlighten me
either.
Ho rintracciato l'allerta fino a Circular Quay a Sydney Cove.
I tracked the Alert down to Circular Quay in Sydney Cove.
**La nave era stata venduta ed era tornata ad essere utilizzata
per scopi commerciali.**
The ship had been sold and was again in commercial use.
**Ma non riuscii a ricavare ulteriori indizi dal carico della
nave.**
But I could gain no further clues from the ship's cargo.
L'immagine è stata conservata nel museo di Hyde Park.
The image was preserved in the Museum at Hyde Park.
La testa di seppia, il corpo di drago e le ali squamose.
The cuttlefish head, dragon body, and scaly wings.
Il mostro accovacciato in cima al piedistallo geroglifico.
The monster crouching atop the hieroglyphed pedestal.
Ho studiato a lungo e attentamente ogni dettaglio dell'idolo.
I studied every detail of the idol long and well.
**La reliquia era un oggetto di squisita fattura, ma al
contempo sinistra.**
The relic was a thing of balefully exquisite workmanship.
**Non ho potuto fare a meno di notare la somiglianza con
l'esemplare più piccolo di Legrasse.**
I couldn't help but notice the similarity to Legrasse's smaller
specimen.
**Entrambi gli idoli erano avvolti dallo stesso mistero assoluto
e da una terribile antichità.**
Both idols had the same utter mystery and terrible antiquity.
**Entrambi gli idoli possedevano la stessa stranezza
ultraterrena, data dalla loro consistenza materiale.**
And both idols had the same unearthly strangeness of
material.

Il curatore mi disse che i geologi l'avevano trovato un enigma mostruoso.

Geologists, the curator told me, had found it a monstrous puzzle.

Insistevano sul fatto che al mondo non esistesse una roccia simile a questa.

They insisted that the world held no rock like this one.

Poi, con un brivido, ripensai a ciò che il vecchio Castro aveva raccontato a Legrasse.

Then I thought with a shudder of what old Castro had told Legrasse.

La storia dei grandi esseri primordiali, sprofondati negli abissi marini.

The tale of the primal great ones, sunken under the sea.

"Provenivano dalle stelle."

"They had come from the stars."

"Avevano portato con sé le loro immagini."

"They had brought their images with them."

Sono stato travolto da una rivoluzione mentale come non ne avevo mai provate prima.

I was shaken with a mental revolution as I had never before known.

Ero ormai fermamente deciso a far visita a Mate Johansen a Oslo.

I was now completely resolved to visit Mate Johansen in Oslo.

Salpai subito per Londra e mi reimbarcai per la capitale norvegese.

Sailing for London, I re-embarked at once for the Norwegian capital.

E un giorno d'autunno sbarcai al porto.

And one autumn day I landed at the wharves.

****

La città natale di Johansen si trovava all'ombra dell'Egeberg.

Johansen's hometown was in the shadow of the Egeberg.

Ho scoperto che viveva nella Città Vecchia di Re Harold Haardrada.

I discovered he lived in the Old Town of King Harold Haardrada.

Per secoli la città più grande si era mascherata da "Christiania".

For centuries the greater city had masqueraded as "Christiania".

Re Harald Hardrada mantenne vivo il nome di Oslo.

King Harald Hardrada kept alive the name of Oslo.

Ho raggiunto brevemente le sue residenze in taxi.

I made the brief trip to his residences by taxicab.

Un edificio antico e ben tenuto, con la facciata intonacata.

A neat and ancient building with plastered front.

E io bussai alla porta con il cuore che mi batteva forte.

And I knocked with palpitant heart at the door.

Una donna dall'aria triste, vestita di nero, rispose alla mia chiamata.

A sad-faced woman in black answered my summons.

Alla vista di ciò, rimasi profondamente deluso.

I was stung with disappointment at the sight.

Mi disse, in un inglese stentato, che Gustaf Johansen non c'era più.

She told me in halting English that Gustaf Johansen was no more.

Non era sopravvissuto a lungo al suo ritorno, disse la moglie.

He had not long survived his return, said his wife.

Gli avvenimenti in mare nel 1925 lo avevano distrutto.

The doings at sea in 1925 had broken him.

Non le aveva detto nulla di più di quanto avesse detto al pubblico.

He had told her no more than he had told the public.

Ma aveva lasciato un lungo manoscritto di "questioni tecniche".

But he had left a long manuscript of "technical matters".

Questi appunti del viaggio erano stati scritti in inglese.

These notes of the voyage had been written in English.
Evidentemente per proteggerla dal pericolo di una lettura superficiale.
Evidently in order to safeguard her from the peril of casual perusal.
Era andato a fare una passeggiata in uno stretto vicolo vicino al porto di Göteborg.
He had gone for a walk through a narrow lane near the Gothenburg dock.
Un fascio di carte caduto da una finestra della soffitta lo aveva fatto cadere a terra.
A bundle of papers falling from an attic window had knocked him down.
Due marinai lascari lo aiutarono subito ad alzarsi.
Two Lascar sailors at once helped him to his feet.
Ma prima che l'ambulanza potesse raggiungerlo, era già morto.
But before the ambulance could reach him he was dead.
I medici non hanno riscontrato alcuna causa adeguata per la sua morte.
The physicians found no adequate cause for his death.
La maggior parte delle cause attribuì la sua morte a problemi cardiaci.
They mostly attributed his death to heart trouble.
Hanno però aggiunto che la sua costituzione indebolita ha probabilmente contribuito a questo risultato.
But they added his weakened constitution most likely contributed.
Ora sentivo un profondo tormento che mi attanagliava gli organi vitali.
I now felt a deep gnawing at my vitals.
Un terrore oscuro che non mi abbandonerà finché anch'io non avrò trovato la pace.
A dark terror which will never leave me till I, too, am at rest.
Non so se la mia morte arriverà "accidentalmente" o meno.
Whether my death will come "accidentally" or not I can't tell.
Ho parlato con la vedova del lavoro di suo marito.

I spoke to the widow about her husband's work.

E la convinsi di avere un collegamento "tecnico" con lui.

And I persuaded her I had a "technical" connection to him.

Quindi, a suo avviso, avevo pieno diritto al manoscritto.

So she felt I was sufficiently entitled to the manuscript.

E così ottenni la scrittura del morto.

And so I attained the dead man's writing.

Ho iniziato a leggere i documenti sulla nave diretta a Londra.

I began to read the documents on the boat to London.

Non erano altro che semplici appunti sconclusionati.

They were little more than simple, rambling notes.

Il tentativo ingenuo di un marinaio di tenere un diario a posteriori.

A naive sailor's effort at a post-facto diary.

Si sforzò di rievocare giorno dopo giorno quell'ultimo terribile viaggio.

He strove to recall that last awful voyage day by day.

Non posso tentare di trascrivere i suoi appunti parola per parola.

I cannot attempt to transcribe his notes verbatim.

Il manoscritto è offuscato da vaghezza e ridondanza.

The manuscript is clouded with vagueness and redundance.

Ma vi racconterò in sintesi cosa ha scritto.

But I will tell the gist of what he wrote.

Forse allora capirai perché mi sono tappato le orecchie con il cotone.

Perhaps then you will understand why I stuffed my ears with cotton.

Il rumore dell'acqua contro i fianchi dell'imbarcazione divenne insopportabile.

The sound of the water against the vessel's sides became unendurable.

***

Johansen, grazie a Dio, non sapeva esattamente cosa avesse visto.

Johansen, thank God, did not quite know what he had seen.

Ma è evidente che aveva visto la città e la Cosa.

But it is evident he had seen the city and the Thing.

Non riuscirò mai più a dormire sonni tranquilli ripensando agli orrori.

I shall never sleep calmly again when I think of the horrors.

Gli orrori che si celano incessantemente dietro la vita nel tempo e nello spazio.

The horrors that lurk ceaselessly behind life in time and space.

Quelle bestemmie profane che provengono dalle stelle più antiche.

Those unhallowed blasphemies that come from elder stars.

Sognatori sotto il mare conosciuti solo da un culto da incubo.

Dreamers beneath the sea known only by a nightmare cult.

Una setta pronta e desiderosa di scatenare questi mostri nel mondo.

A cult ready and eager to release these monsters into the world.

Ogni volta che un altro terremoto fa riemergere la loro mostruosa città di pietra.

Whenever another earthquake raises their monstrous stone city again.

Quando Cthulhu sarà di nuovo sotto la luce del sole.

When Cthulhu is under the light of the sun once more.

Il viaggio di Johansen era iniziato esattamente come lo aveva raccontato al viceammiraglio.

Johansen's voyage had begun just as he told it to the vice-admiralty.

La Emma, in zavorra, aveva lasciato Auckland il 20 febbraio.

The Emma, in ballast, had cleared Auckland on February 20th.

La nave aveva subito tutta la forza di quella tempesta scatenata dal terremoto.

The ship had felt the full force of that earthquake-born tempest.

Gli orrori provenienti dai fondali marini che popolavano i sogni degli uomini.

The horrors from the sea-bottom that filled men's dreams.

Una volta ripreso il controllo, la nave procedeva a buon ritmo.

Once under control again the ship was making good progress.

Ma poi la nave fu bloccata dall'allerta del 22 marzo.

But then the ship was held up by the Alert on March 22nd.

Riuscivo a percepire il rammarico del primo ufficiale mentre scriveva del bombardamento e dell'affondamento della nave.

I could feel the mate's regret as he wrote of her bombardment and sinking.

Parla con orrore dei fanatici dalla pelle scura che si trovano sull'altra barca.

Of the swarthy cult-fiends on the other boat he speaks with horror.

C'era qualcosa di particolarmente abominevole in loro.

There was some peculiarly abominable quality about them.

Qualcosa faceva sì che la loro distruzione sembrasse quasi un dovere.

Something made their destruction seem almost a duty.

Questo punto è stato sollevato durante i lavori della commissione d'inchiesta.

This point was brought up during the proceedings of the court of inquiry.

Johansen mostra un'ingenua meraviglia di fronte all'accusa di spietatezza.

Johansen shows ingenuous wonder at the accusation of ruthlessness.

Fu la curiosità a spingere gli uomini a proseguire a bordo del loro yacht catturato.

Curiosity is what drove the men on in their captured yacht.

Gli uomini scorsero un'enorme colonna di pietra che spuntava dal mare.

Sticking out of the sea the men sighted a great stone pillar.

Alle coordinate geografiche di latitudine sud 47° 9' e longitudine ovest 126° 43' si trovano di fronte a una linea costiera.

In South Latitude 47° 9', West Longitude 126° 43' they come upon a coastline.

La costa era costituita da un miscuglio di fango, melma e muratura ciclopica ricoperta di alghe.

The coastline was of mingled mud, ooze, and weedy Cyclopean masonry.

Nient'altro che la sostanza tangibile del terrore supremo della terra.

Nothing less than the tangible substance of earth's supreme terror.

Si erano imbattuti nell'incubo della città-cadavere di R'lyeh.

They had come across the nightmare corpse-city of R'lyeh.

Una città costruita in innumerevoli ere prima della storia.

A city built in measureless eons behind history.

Monumenti a immense e ripugnanti forme che si sono diffuse dalle stelle oscure.

Monuments to vast loathsome shapes that seeped down from the dark stars.

Lì giacevano il grande Cthulhu e le sue orde per innumerevoli cicli.

There lay great Cthulhu and his hordes for incalculable cycles.

Nascosti in cripte verdi e viscide, inviavano i loro pensieri.

Hidden in green slimy vaults, they sent out their thoughts.

I pensieri che instillano timore nei sogni dei sensibili.

The thoughts that spread fear to the dreams of the sensitive.

I pensieri che chiamavano imperiosamente i fedeli.

The thoughts that called imperiously to the faithful.

"Venite in un pellegrinaggio di liberazione e restaurazione."

"Come on a pilgrimage of liberation and restoration."

Johansen non avrebbe mai potuto sospettare tutto questo orrore.

All this horror Johansen had no way of suspecting.

Ma Dio solo sa che ben presto ne ebbe abbastanza!

But God knows he had soon seen enough!

**Suppongo che abbiano visto solo la cima di un'unica
montagna.**

I suppose what they saw was only a single mountain-top.

Ben presto il resto della città emerse dalle acque.

Soon the rest of the city emerged from the waters.

**L'orribile cittadella sormontata da un monolito dove fu
sepolto il grande Cthulhu.**

The hideous monolith-crowned citadel where great Cthulhu
was buried.

**Mi vengono i brividi al solo pensiero di tutto ciò che
potrebbe nascondersi laggiù.**

I shudder to think of all that may be brooding down there.

E quasi vorrei uccidermi per far cessare questi pensieri.

And I almost wish to kill myself to stop these thoughts.

***

**Johansen e i suoi uomini rimasero sbalorditi dalla
maestosità cosmica.**

Johansen and his men were awed by the cosmic majesty.

**Essi contemplarono lo spettacolo di questa Babilonia
grondante di demoni antichi.**

They beheld the sight of this dripping Babylon of elder
demons.

**Devono aver intuito, senza bisogno di indicazioni, cosa
stessero vedendo.**

They must have guessed without guidance what it was they
saw.

**Ciò che videro non aveva nulla a che vedere con questo o
con qualsiasi altro pianeta sano di mente.**

What they saw was nothing of this or of any sane planet.

Le dimensioni incredibili dei blocchi di pietra verdastra.

The unbelievable size of the greenish stone blocks.

L'altezza vertiginosa del grande monolite scolpito.

The dizzying height of the great carven monolith.

E poi c'erano i bassorilievi ritrovati sulla nave catturata.

And then there was the bas-reliefs found on the captured ship.

Le statue colossali rispecchiavano fedelmente la scena raffigurata nelle sculture.

The colossal statues mirrored the scene on the carvings.

Johansen ha realizzato qualcosa di molto vicino al futurismo.

Johansen achieved something very close to futurism.

Perché non ha descritto alcuna struttura o edificio preciso.

Because he did not describe any definite structure or building.

Si soffermò sulle ampie impressioni di angoli sconfinati e superfici di pietra.

He dwelled on the broad impressions of vast angles and stone surfaces.

Superfici troppo vaste per appartenere a qualcosa di giusto o appropriato per questa terra.

Surfaces too great to belong to anything right or proper for this earth.

Superfici impure con immagini orribili e geroglifici.

Surfaces impious with horrible images and hieroglyphs.

C'è un motivo per cui ho citato il suo discorso sugli angoli.

There is a reason I mention his talk about angles.

Mi ricorda qualcosa che Wilcox mi aveva raccontato riguardo ai suoi incubi terribili.

It reminds me of something Wilcox had told me of his awful dreams.

Aveva detto che la geometria del luogo onirico che aveva visto era anormale.

He had said that the geometry of the dream-place he saw was abnormal.

Sfere non euclidee diverse da qualsiasi cosa qui sulla Terra.

Non-Euclidean spheres unlike anything here on earth.

Dimensioni ripugnanti e maleodoranti, completamente diverse dalle nostre.

Loathsomely redolent dimensions completely unlike ours.

Ora un marinaio stava descrivendo esattamente la stessa cosa.

Now a seaman was describing the exact same thing.

Entrambi avevano avuto la stessa terribile visione di questa realtà.
They bad both had the same terrible glimpse of this reality.
Johansen e i suoi uomini sbarcarono su un banco di fango in pendenza.
Johansen and his men landed at a sloping mud-bank.
E alzarono lo sguardo verso questa mostruosa Acropoli.
And they looked up at this monstrous Acropolis.
Si arrampicarono scivolosi su blocchi viscidi e giganteschi.
They clambered slippery up over titan oozy blocks.
Blocchi che non avrebbero potuto costituire una scala mortale.
Blocks which could have been no mortal staircase.
Persino il sole del cielo sembrava distorto in quella nebbia.
The very sun of heaven seemed distorted in this mist.
Da questa perversione intrisa di mare si sprigiona una nube di polarizzazione.
A polarizing miasma welling out from this sea-soaked perversion.
Tra quelle rocce elusive si celavano minacce contorte e suspense.
Twisted menace and suspense lurked in those elusive rocks.
Un secondo sguardo ha rivelato una concavità laddove il primo aveva mostrato una convessità.
A second glance showed concavity where the first showed convexity.
Una sensazione molto simile alla paura si era impadronita di tutti gli esploratori.
Something very like fright had come over all the explorers.
Ognuno di loro sarebbe fuggito se non avesse temuto il disprezzo degli altri.
Each man would have fled had he not feared the scorn of the others.
E la loro vana ricerca fu condotta solo con scarso impegno.
And it was only half-heartedly that they vainly searched.
Stavano cercando un souvenir portatile da portare via.
They were looking for some portable souvenir to bear away.

Fu Rodriguez, il portoghese, a scalare la base del monolite.

It was Rodriguez, the Portuguese, who climbed up the foot of
the monolith.

Da lì gridò ciò che aveva trovato.

From there he shouted of what he had found.

Gli altri lo seguirono fino ai piedi del monolite.

The rest followed him to the foot of the monolith.

**Osservarono con curiosità l'immensa porta che si apriva
davanti a loro.**

They looked curiously at the immense door in front of them.

**Sulla porta era scolpita la ormai familiare figura del
calamaro-drago.**

The now familiar squid-dragon was carved on the door.

Era, disse Johansen, come una grande porta di fienile.

It was, Johansen said, like a great barn-door.

Sebbene dicessero che dava solo l'impressione di una porta.

Although they said it only gave the impression of a door.

**Non riuscivano a decidere se la porta si aprisse
completamente come una botola.**

They could not decide if the door lay flat like a trap-door.

**O forse l'apertura era inclinata come la porta di una cantina
esterna.**

Or maybe the opening was slanted like an outside cellar-door.

**Come avrebbe detto Wilcox, la geometria del luogo era
completamente sbagliata.**

As Wilcox would have said, the geometry of the place was all
wrong.

**Non si poteva essere certi che il mare e la terra fossero
orizzontali.**

One could not be sure that the sea and the ground were
horizontal.

**Pertanto, la posizione relativa di tutto il resto sembrava
fantasmagoricamente variabile.**

Hence the relative position of everything else seemed
phantasmally variable.

**Briden spinse la pietra in diversi punti, senza alcun
risultato.**

Briden pushed at the stone in several places, without result.

Poi Donovan tastò delicatamente il bordo della porta.

Then Donovan felt delicately over around the edge of the door.

Si arrampicò interminabilmente lungo la grottesca modanatura di pietra.

He climbed interminably along the grotesque stone molding.

Anche se, a dire il vero, si potrebbe definire arrampicata, è discutibile.

Although, if you could really call it climbing is debatable.

Forse la porta era più orizzontale che verticale.

Perhaps the door was more horizontal than vertical.

E gli uomini si chiedevano come potesse esistere una porta così vasta nell'universo.

And the men wondered how any door in the universe could be so vast.

Poi, molto dolcemente e lentamente, qualcosa ha cominciato ad accadere.

Then, very softly and slowly, something began to happen.

Il pannello, grande un acro, iniziò a cedere verso l'interno nella parte superiore.

The acre-great panel began to give inward at the top.

E videro che la porta si era chiusa da sola.

And they saw that the door had balanced itself.

***

Donovan in qualche modo riuscì a spingersi indietro lungo lo stipite.

Donovan somehow propelled himself back along the jamb.

E tutti osservavano la strana retrazione del portale mostruosamente scolpito.

And everyone watched the queer recession of the monstrously carven portal.

In questa fantasia di distorsione prismatica, si muoveva in modo anomalo, diagonalmente.

In this fantasy of prismatic distortion it moved anomalously in a diagonal way.
Tutte le regole della materia e della prospettiva sembravano confuse.
All the rules of matter and perspective seemed confused.
L'apertura era nera, di un'oscurità quasi materica.
The aperture was black with a darkness almost material.
Quella tenebrosità era in effetti una qualità positiva.
That tenebrousness was indeed a positive quality.
Agli uomini fu risparmiata la vista delle mura interne.
The men were spared from seeing the inner walls.
L'oscurità eruppe come fumo dalla sua prigionia millenaria.
The darkness burst forth like smoke from its eon-long imprisonment.
Il sole veniva visibilmente oscurato dal battito delle ali membranose.
The sun was visibly darkened by flapping membranous wings.
E l'ombra si dileguò nel cielo rimpicciolito e gibboso.
And the shadow slunk away into the shrunken and gibbous sky.
L'odore che si sprigionava dalle profondità appena aperte era intollerabile.
The odor arising from the newly opened depths was intolerable.
Hawkins, dotato di un udito finissimo, pensò di aver sentito un rumore sgradevole e gocciolante.
The quick-eared Hawkins thought he heard a nasty, slopping sound.
Le sue orecchie ebbero conferma quando l'oggetto apparve goffamente e sbavando alla sua vista.
His ears were confirmed when It lumbered slobberingly into sight.
La sua immensa massa verde gelatinosa si faceva strada a tentoni nella sala nera.
Its gelatinous green immensity groped through the black hall.

E il suo odore e la sua viscidità filtravano attraverso la porta inclinata.

And Its ooze and smell squeezed through the angled door.

La Cosa si addentrò nell'aria contaminata di quella città avvelenata e folle.

The Thing went into the tainted air of that poison city of madness.

La calligrafia del povero Johansen quasi cedette quando scrisse di questo.

Poor Johansen's handwriting almost gave out when he wrote of this.

Crede che due uomini siano morti di puro terrore in quell'istante maledetto.

He thinks two men perished of pure fright in that accursed instant.

La Cosa non può essere descritta con il nostro linguaggio.

The Thing cannot be described with our language.

Non esistono parole per descrivere tali abissi di urla e follia senza tempo.

There are no words for such abysms of shrieking and immemorial lunacy.

Antiche contraddizioni di tutta la materia, la forza e l'ordine cosmico.

Eldritch contradictions of all matter, force, and cosmic order.

Una montagna che ha camminato e inciampato sulla terra. Dio!

A mountain that walked and stumbled on the earth. God!

Non c'è da stupirsi che dall'altra parte del mondo un grande architetto sia impazzito.

No wonder that across the earth a great architect went mad.

Non c'è da stupirsi che il povero Wilcox abbia avuto un attacco di febbre in quell'istante telepatico.

No wonder poor Wilcox raved with fever in that telepathic instant.

La verde e appiccicosa progenie delle stelle camminava sulla terra.

The green, sticky spawn of the stars, was walking the earth.

La Cosa degli idoli si era risvegliata per reclamare ciò che le apparteneva.

The Thing of the idols had awaked to claim his own.

Le stelle si sono allineate di nuovo, proprio come era stato previsto.

The stars were aligned again, as was predicted.

Un culto millenario aveva fallito nel suo compito.

An age-old cult had failed in their duties.

E un gruppo di marinai innocenti svolse il proprio ruolo per puro caso.

And a band of innocent sailors fulfilled their role by accident.

Dopo vigintilioni di anni, il grande Cthulhu era di nuovo libero.

After vigintillions of years great Cthulhu was loose again.

E ora il grande Cthulhu era avido di piacere.

And now great Cthulhu was ravening for delight.

Tre uomini furono trascinati via dagli artigli flaccidi prima che qualcuno potesse voltarsi.

Three men were swept up by the flabby claws before anybody turned.

Dio li accolga, se mai esiste un riposo nell'universo.

God rest them, if there be any rest in the universe.

Si sappia che i loro nomi erano Donovan, Guerrera e Angstrom.

Let it be known that their names were Donovan, Guerrera and Angstrom.

Parker è scivolato mentre cercava di fuggire.

Parker slipped as he was trying to make his escape.

Gli altri tre si stavano tuffando freneticamente verso la barca.

The other three were plunging frenziedly back to the boat.

Correva su distese infinite di rocce ricoperte di vegetazione.

They ran over endless vistas of green-crusted rock.

Johansen giura di essere stato inghiottito da un angolo di muratura.

Johansen swears he was swallowed up by an angle of masonry.

Un'angolazione che non avrebbe dovuto esserci.
An angle which shouldn't have been there.
Un angolo acuto, ma che si comportava come se fosse ottuso.
An angle which was acute, but behaved as if it were obtuse.
Solo Briden e Johansen riuscirono a tornare alla barca.
Only Briden and Johansen made it back to the boat.
I due uomini ebbero un momento di fortuna.
The two men had a moment of good fortune.
L'enorme mostro montuoso crollò sulle pietre viscide.
The mountainous monstrosity flopped down on the slimy stones.
E la bestia esitò, dibattendosi sul bordo dell'acqua.
And the beast hesitated floundering at the edge of the water.
Il battello a vapore non aveva esaurito completamente le braci ardenti.
The steam boat had not entirely run out of hot coals.
Nonostante la partenza di tutti gli uomini verso la riva.
Despite the departure of all men for the shore.
I due uomini correvano freneticamente su e giù tra le ruote.
Feverishly the two men rushed up and down between wheels.
Ci vollero solo pochi istanti per avviare il motore.
It was the work of only a few moments to get the engine going.
In mezzo agli orrori distorti di quella scena indescrivibile.
Amidst the distorted horrors of that indescribable scene.
Lentamente la loro imbarcazione cominciò ad agitare le acque letali sottostanti.
Slowly their boat began to churn the lethal waters beneath her.
E si mossero lungo la muratura di quella riva macabra.
And they moved along the masonry of that charnel shore.
Quella strana costa che non sembrava appartenere a questo mondo.
That strange coastline that was not from this world.

***

La cosa titanica proveniente dalle stelle sbavava e farfugliava.

The titan Thing from the stars slavered and gibbered.

Come Polifemo che maledice la nave in fuga di Ulisse.

Like Polypheme cursing the fleeing ship of Odysseus.

Poi il grande Cthulhu scivolò viscido nell'acqua.

Then great Cthulhu slid greasily into the water.

Più audace e coraggioso del leggendario Ciclope.

Bolder and more daring than the storied Cyclops.

Cthulhu li inseguì attraverso l'acqua con movimenti cosmici.

Cthulhu pursued them through the water with cosmic movement.

Briden si voltò dalla nave e scoppiò a ridere in modo stridulo.

Briden looked back from the ship and started laughing shrilly.

Da quel momento Briden continuò a ridere a intervalli irregolari.

From that moment Briden continued laughing at odd intervals.

Ma Johansen non si era ancora arreso.

But Johansen had not given up yet.

Sapeva che la sua nave non aveva alcuna possibilità di superare quella cosa.

He knew his ship had no chance of outpacing the thing.

Decise quindi di tentare il tutto per tutto.

So he resolved on taking a desperate chance.

Caricò la fornace e impostò il motore alla massima velocità.

He loaded the furnace and set the engine for full speed.

E poi corse sul ponte come un fulmine e invertì la rotta.

And then he ran lightning-like on deck and reversed the wheel.

Nell'acqua salata maleodorante si agitavano vortici e schiuma di un'intensa attività.

There was a mighty eddying and foaming in the noisome brine.

Il vapore si innalzava sempre più in alto nel cielo.

The steam mounted higher and higher into the sky.

E il coraggioso norvegese invertì le sorti dell'inseguimento.

And the brave Norwegian reversed the course of the chase.

Davanti a lui si levava la schiuma immonda, simile alla poppa di un galeone demoniaco.

Before him rose the unclean froth like the stern of a demon galleon.

Ha guidato la sua imbarcazione frontalmente contro la medusa che lo inseguiva.

He drove his vessel head on against the pursuing jelly.

L'orribile testa di calamaro arrivò quasi all'altezza del bompresso dello yacht.

The awful squid-head came nearly up to the yacht's bowsprit.

Ma Johansen continuò a guidare senza sosta contro le antenne che si contorcevano.

But Johansen drove on relentlessly against the writhing feelers.

Si udì un rumore come di una vescica che esplode.

There was a bursting as of an exploding bladder.

C'era una sostanza viscida e sgradevole, simile a quella di un pesce luna squarciato.

There was a slushy nastiness as of a cloven sunfish.

C'era un fetore come quello di mille tombe aperte.

There was a stench as of a thousand opened graves.

E c'era un suono che il cronista non ha trascritto.

And there was a sound the chronicler did not put on paper.

Per un istante la nave fu avvolta da una nube acre.

For an instant the ship was befouled by an acrid cloud.

La nuvola verde accecò Johansen e il pazzo.

The green cloud blinded Johansen and the mad man.

E poi non restava che un ribollire velenoso a poppa.

And then there was only a venomous seething astern.

Ma Dio in cielo! Ciò che i due uomini videro dopo;

But God in heaven! What the two men saw next;

La plasticità frammentata di quella creatura celeste senza nome.

The scattered plasticity of that nameless sky-spawn.

La cosa ferita si stava ricombinando in modo nebuloso.

The injured thing was nebulously recombining.

Ben presto Cthulhu sarebbe tornato nella sua odiosa forma originale.

Soon Cthulhu would be back in its hateful original form.

Ma la distanza tra loro aumentava di secondo in secondo.

But their distance was widening with every second.

La nave stava acquisendo slancio grazie al vapore che aumentava.

The ship was gaining impetus from its mounting steam.

E alla fine la città maledetta apparve all'orizzonte.

And eventually the cursed city was over the horizon.

***

Dopo la loro fortunata fuga, non tentò nemmeno di orientarsi.

He did not try to navigate after their lucky escape.

La sua reazione gli aveva strappato qualcosa dall'anima.

His reaction had taken something out of his soul.

Trascorreva il suo tempo a meditare sull'idolo nella capanna.

He spent his time brooding over the idol in the cabin.

Si prese cura del maniaco che rideva sulla barca.

He looked after the laughing maniac in the boat.

E si occupò di alcune questioni, come il cibo.

And he attended to a few matters such as food.

Poi arrivò la tempesta del 2 aprile.

Then came the storm of April 2nd.

Quel giorno, delle nubi si addensarono sulla sua coscienza.

On that day clouds gathered over his consciousness.

Si percepisce una sensazione di delirio puro e raffinato.

There is a sense of pure and refined delirium.

Vortici spettrali attraverso abissi liquidi di infinito.

Spectral whirling through liquid gulfs of infinity.

Viaggi vertiginosi attraverso universi vorticosi sulla coda di una cometa.

Dizzying rides through reeling universes on a comet's tail.

Cadute isteriche dal baratro alla luna.

Hysterical plunges from the pit to the moon.

E precipitò di nuovo dalla luna nell'abisso.

And he plunged back again from the moon to the pit.

Un coro squillante di antichi dei distorti e spassosi.

A cachinnating chorus of the distorted, hilarious elder gods.

E i folletti beffardi dalle ali verdi di pipistrello del Tartaro.

And the green bat-winged mocking imps of Tartarus.

Da quel sogno nacque la salvezza: la nave Vigilant.

Out of that dream came rescue; the ship Vigilant.

La corte dell'ammiragliato e le strade di Dunedin.

The vice-admiralty court and the streets of Dunedin.

Il lungo viaggio di ritorno a casa, alla vecchia abitazione vicino all'Egeberg.

The long voyage back home to the old house by the Egeberg.

Non poteva raccontare a nessuno ciò che aveva visto.

He could not tell anyone of what he had seen.

Se avesse detto la verità, lo avrebbero considerato pazzo.

Had he told the truth they would have thought he had gone mad.

Così, prima di morire, scrisse in segreto ciò che sapeva.

So he secretly wrote of what he knew before death came.

"La morte sarebbe una benedizione se solo potesse cancellare i ricordi."

"Death would be a boon if only it could blot out the memories."

Questo era il documento che Johansen aveva lasciato.

That was the document Johansen left behind.

E ora ho riposto questo documento nella scatola di latta.

And now I have placed this document in the tin box.

Nella scatola è presente anche il bassorilievo scolpito raffigurante un sogno.

In the box is also the dream carved bas-relief.

Ho incluso anche i documenti del professor Angell.

And I have included the papers of Professor Angell.

Insieme a questa scatola andrà questo mio disco.

With this box shall go this record of mine.

Questi appunti sono diventati una prova della mia sanità mentale.

These notes have become a test of my own sanity.

Ma spero che le mie scoperte non vengano mai più messe insieme.

But I hope my discoveries are never be pieced together again.

Ho contemplato tutto l'orrore che l'universo ha da offrire.

I have looked upon all that the universe has to hold of horror.

Ma ora persino i cieli primaverili mi appaiono oscuri.

But now even the skies of spring are darkness to me.

Anche i fiori dell'estate sono per me per sempre velenosi.

Even the flowers of summer are forever poison to me.

Ma non credo che la mia vita sarà lunga.

But I do not think my life will be long.

Come mio zio se n'è andato, così verrà la mia fine.

As my uncle went, so shall my end come.

Come se n'è andato il povero Johansen, così arriverà anche per me.

As poor Johansen went, so shall my time come.

So troppo, e la setta è ancora viva.

I know too much, and the cult still lives.

Anche Cthulhu è ancora vivo, immagino.

Cthulhu still lives, too, I can only suppose.

Presumo che Cthulhu si trovi di nuovo in quell'abisso di pietra.

I assume Cthulhu is again in that chasm of stone.

La città che lo ha protetto fin da quando il sole era giovane.

The city which has shielded him since the sun was young.

So che la sua città maledetta è di nuovo sprofondata.

I know his accursed city is sunken once more.

L'equipaggio della Vigilant ha sorvolato la zona dopo la tempesta di aprile.

The crew of the Vigilant sailed over the spot after the April storm.

Ma i suoi ministri sulla terra continuano ad adorare il suo ritorno.

But his ministers on earth still worship his return.

Nei luoghi solitari si radunano attorno al loro idolo.
In lonely places they congregate around their idol.
E urlano, si pavoneggiano e uccidono in rituali satanici.
And they bellow and prance and slay in satanic ritual.
Deve essere rimasto intrappolato dall'affondamento del suo abisso nero.
He must have been trapped by the sinking of his black abyss.
Altrimenti, a quest'ora il mondo sarebbe in preda al panico e alla disperazione.
Or else the world would by now be screaming with fright and frenzy.
Chissà come finirà?
Who knows how the end will come about?
Ciò che è salito può sprofondare, e ciò che è sprofondato può risalire.
What has risen may sink, and what has sunk may rise.
L'abiezione attende e sogna nelle profondità.
Loathsomeness waits and dreams in the deep.
E la decadenza si diffonde sulle città vacillanti degli uomini.
And decay spreads over the tottering cities of men.
Verrà un tempo in cui quella città risorgerà dal mare.
A time will come where that city rises out the sea again.
Ma non devo pensare a quando arriverà quel giorno!
But I must not think about when that day will come!
Ho una sola preghiera, nel caso in cui questo manoscritto mi sopravviva.
I have one prayer if this manuscript outlives me.
Prego che i miei esecutori testamentari antepongano la prudenza all'audacia.
I pray my executors put caution before audacity.
Prego che questo manoscritto non venga mai più visto da altri.
I pray this manuscript meets no other eyes.